나는 울 때마다
엄마 얼굴이 된다

나는 울 때마다
엄마 얼굴이 된다

이슬아 글·그림

문학동네

작가의 말

우리는 서로를 선택할 수 없었다.

태어나보니 제일 가까이에 복희라는 사람이 있었는데, 그가 몹시 너그럽고 다정하여서 나는 유년기 내내 실컷 웃고 울었다.

복희와의 시간은 내가 가장 오래 속해본 관계다. 이 사람과 아주 많은 이야기를 나누며 자라왔다. 대화의 교본이 되어준 복희. 그가 일군 작은 세계가 너무 따뜻해서 자꾸만 그에 대해 쓰고 그리게 되었다. 그와 내 역사의 공집합을 기억하며 만든 창작물 중 일부가 이 책에 묶였다.

『나는 울 때마다 엄마 얼굴이 된다』는 어떤 모녀가 함께 자라도록 도운 풍경을 묘사한 책이다. 한 아이가 태어나 성인이 되기까지의 역사, 혹은 한몸에 있었던 두 사람이 서로에게서 독립하는 과정이기도 하다. 무엇보다도 우정에 관한 이야기라고 생각한다. 우연히 만난 두 사람의 우정.

기억을 바탕으로 쓰고 그렸다. 기억이란 너무 제멋대로이기 때문에 이 책을 논픽션이라고 말하지는 못하겠다. 나를 낳은 사람에 대한 이해와 오해로 쓰인 책이다.

수록된 만화는 작은 웹사이트에서 2015년 9월부터 2017년 6월까지 연재되었다. 한 주에 한 번 열 컷씩만 대충 그렸기 때문에 단행본으로 만들 생각이 없었다. 외장하드에 넣어둔 뒤 한동안 까먹고 지냈다. 출판사로부터 출간 제안을 들었을 때 안 된다고 대답했다. 부끄러웠기 때문이다. 2018년에 엄마를 주제로 한 책을 내는 게 두렵기도 했다. 공부를 하면 할수록 모성에 관한 어떤 이야기도 조심스러워졌다.

　　그렇지만 엄마의 훌륭한 표본을 제시하려는 것이 아님을 내내 기억하며 용기를 내어 책을 만들었다. 서로가 서로를 고를 수 없었던 인연 속에서 어떤 슬픔과 재미가 있었는지 말하고 싶었다. 1960년대생 여자와 1990년대생 여자가 살아가는 수많은 방식 중 하나일 테다. 나를 씩씩하게 만든 이야기니까 누군가에게도 힘이 된다면 좋겠다.

　　이 책을 시작으로 사는 동안 여러 책을 쓰고 싶다. 아직은 겨우 나를 키운 사람과 나에 관한 서사를 다루지만, 미래에는 내 몸과 마음이 더 많은 이들에게 확장되고 따뜻하게 연결되기를 바란다. 그럴 수 있도록 건강하고 싶다.

2018년 10월
이슬아

차 례

엄마   딸

복희

(1967~)

슬아

(1992~)

짝짓기

지금으로부터 15년 전
나는 정자와 난자가
무엇인지는 알았지만

그 둘이
어떻게 만나는지는 잘 몰랐다.

내가 추측했던
엄마 아빠의 짝짓기는

각자의 팬티 속에서
정자와 난자가 슬며시 나와
나비처럼 날아오르면

공중에서 만나
체외수정을 한 뒤

얼렁뚱땅 엄마 뱃속으로
다시 들어간다.
였는데

10

엄마가 설거지를 하며 말했다.

엄마 무릎에 얼굴을 묻고
반나절을 울었다.

그 짓을 엄마 아빠가
했다는 거잖아···
할머니 할아버지도
작은엄마 작은아빠도
고모 이모 외숙모 외삼촌도
국어랑 수학 선생님도
마트 아줌마도!

나는 오열하며 말했다.

그걸 하면 잠지가
너무 아플 것 같아!

아프기만 하진 않아.

잉태

엄마는 나를 가진 날을 정확히 기억한다고 말했다.

1991년의 가을밤이었고, 서울시 동대문구 답십리에 지어진 오래된 주택 반지하의 방바닥 위였다고 한다. 여름 내내 꺼두었던 보일러를 슬슬 돌리기 시작한 계절. 한껏 데워진 방바닥 위에서 엄마와 아빠는 뜨겁게 껴안았을 것이다.

역동적인 수축과 이완.

격정적인 들숨과 날숨.

같은 것을 조금 상상하다가 난 순식간에 피로해져서 관두고 만다. 거의 모든 일에서 구체적인 걸 선호하는 나지만, 부모의 섹스를 상상하는 일에서만은 잠시 흐릿해지는 게 좋겠다.

아무튼 언젠가 아빠가 지나가듯 했던 말에 의하면 그날 섹스가 끝나고 엄마는 지나치게 명료한 얼굴을 하고 있었다. 평소엔 풀어진 얼굴로 천장을 보다가 금세 코를 골며 잠들곤 했는데, 그날 밤엔 이상하리만치 또렷했던 것이다. 엄마는 차분한 목소리로 아빠에게 말했다.

　"딸을 가지게 된 것 같은 기분이야."

　아빠는 그 기분을 믿지 않은 채로 잠들었다. 그 무렵 엄마는 꿈에서 과수원을 자주 거닐었다고 한다. 동그랗고 빨갛고 윤기 나는 사과들을 따서 광주리에 한가득 담았댔다.

　믿어도 그만 안 믿어도 그만인 이야기들을 나는 좀 좋아한다. 옛날 옛적 코끼리가 진흙 위를 밟고 지나가다가 생긴 커다란 발자국을 어떤 여인이 밟고 지나갔더니 임신이 됐다더라 하는 식의 터무니없는 탄생 설화도 좋다. 탐라에서 가장 크고 거대했던 설문대할망이 한라산을 깔고 앉아 백록담을 만들고 제주도 이곳저곳을 탄생시키고 뒤엎은 이야기도 좋다. 엄마는 사과 따는 꿈을 꾼 뒤 나를 낳았고 내가 제일 좋아하는 과일은 사과지만, 그 인과관계는 진실과 아무 상관 없을 수도 있다. 그저 가끔 나의 엄마 옆에 무심히 누워 내가 어디에도 없었을 때의 이야기를 주워들을 뿐이다.

　엄마는 먼 과거를 이야기할 때도 주저 없이 그 얘기를 향해 달려간다. 그녀에게 직시란 어려운 일이 아닌 듯하다. 그녀는 땀흘린 채로 방바닥에 누워 잉태를 직감했던 과거의 자신을 선명하게 회상한다. 두

사람의 젊었던 몸과 그들이 살던 안방의 구조를 상상하다가 그땐 방에
침대가 없었느냐고 내가 물었다.

"아니. 있었지."

"근데 왜 방바닥에서 했어?"

"그러게. 분명 침대에서 시작했는데……"

엄마는 말끝을 흐렸다. 나는 이마를 짚었다.

임신중에 엄마는 입덧이 심했다. 엄마의 엄마의 엄마도 그랬다고
한다. 그래서인지 대부분의 음식을 입에도 못 대고 냄새도 못 맡았다.
유일하게 입에 대고 넘길 수 있었던 건 막걸리였다. 엄마는 임신 초기
때 막걸리로 영양을 보충하며 연명하였다.

내게 문제가 있다면 아마 그 막걸리 때문일 것이다.

청바지 파는
아저씨

2001년 우리가 살던
작은 아파트 단지에서는
5일에 한 번씩 장이 열렸다.

여러 상인들이 천막을 치고 자리를 깐 뒤
채소나 과일이나 접시나
안데르센 동화전집 같은 걸 팔았는데

그중에
청바지를 파는
천막도 있었다.

엄마는 장날이면 그 천막에서
싸고 예쁜 청바지를 고르곤 했다.

이거
얼마예요?

부츠컷 청바지가
유행하던 때였다.

17

청바지 가게 아저씨는 눈썹이 진했고
말이 많지는 않았지만
친절했다.

한 개에 7천 원,
두 개에 만 원이에요.

엄마와 아저씨가
계산을 하는 동안
나는 주로 코딱지를 파며
서 있었다.

계산을 마친 엄마는
아저씨에게 상냥하게
인사한 뒤
천막을 빠져나왔고

고맙습니다.
안녕히 계세요~

아저씨도 반가워하는 얼굴로
인사를 받아주었지만

아··· 안녕히 가세요!

어느 날부턴가

안녕히 가세요.

어딘지 모르게
괴로워 보였다.

안녕히 가세요.

얼마 후에도 엄마와 나는 장에 들러
이것저것 구경하고 있었는데

청바지 파는 천막을 지날 때쯤
굳은 표정으로 서 있던 아저씨가 다가와

엄마에게 말했다.

그때 봤던 청바지 아저씨의
이글거리는 눈동자를
나는 먼 훗날까지 잊지 못했다.

엄마는 어리둥절한 표정으로
머리를 긁적인 뒤

나를 데리고 집에 가서
저녁을 차렸다.

부츠컷 청바지를 팔던 아저씨는
얼마 후부터 장에 나타나지 않았다.

바야흐로
스키니진의 유행이 도래하고 있었다.

발육

어린이에서
청소년이 되어가는 동안

나는 팔다리가
조금 길어졌고

뺨에 주근깨가 여러 개 생겼으며

브래지어를 하기 시작했고

코딱지를

덜 파게 되었다.

머리털을 비롯한
각종 털이 자랐으며

허리가 가늘어지고

골반뼈가 벌어졌다.

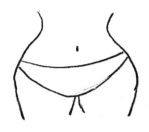

가슴은 어쩐지 그대로였다.

중학교에 갔더니 친구들이 나를 놀렸다.

재 몸매
좀 이상하지 않아?

엉덩이가
너무 크잖아.

골반이 심하게
벌어졌어.

궁뎅이
짱 크다고.

어느 선생님도
한마디 덧붙였다.

슬아 같은 골반이
나중에 애를 쑥쑥
잘 낳는단다.

와 하하

누가 내 엉덩이에 대해 언급한다는 것
그 자체가 못 견디게 창피해서
나는 집에 오자마자 오열하곤 했다.

으아앙···

엄만 왜 나를
이렇게 낳은 거야···

엄마는 부침개를 부치다 말고 내게 와서
늘 했던 말을 반복했다.

니 친구들이
아직 뭘 몰라서 그래.

비욘세 봐봐.
골반과 엉덩이가 얼마나
아름답니?

그러나 그 시절 여중생들의 롤모델은
비욘세가 아니라 구혜선과 반윤희였다.

내가 비욘세를 좋아하게 되기까지는
그후로도 오랜 세월이 필요했다.

엄만
아무것도
모르면서!

울지 마.
마이 베이비···

다른 집 베이비로 태어나는 게
더 나았을 거야!

그녀의 돈벌이

우리 아빠는 언제나 열심히 일했지만
혼자 벌어서 4인 가족을 먹여 살리는 건 벅찬 일이었다.

얼마 지나지 않아 엄마는
빵집 점원으로 일하기 시작했다.

그 무렵 나는 열네 살이었고
엄마가 퇴근할 때 챙겨오는 빵들을
간식으로 먹어치울 수 있어 좋았다.

얼마 후엔 엄마가
닭갈빗집 점원으로
일러를 옮겼다.

열다섯 살이었던 나는
엄마가 퇴근할 때 싸오는 닭갈비를
아침으로 먹을 수 있어서 좋았다.

그러다 엄마가 보험설계사로 직업을 바꾸자
나에게 꽤 비싼 보험을 들어주었는데

보험은 먹는 게 아니었고
나에게 무슨 쓸모가 있는 건지
잘 알 수 없었다.

보험이 왜 꼭
필요한 거냐면~

그후로도 엄마는
마트 직원, 식당 아줌마, 벽난로 설치 조수,
전단지 배포, 물품 포장 등의
온갖 직업을 전전하며 생활비를 벌었고

나는 무럭무럭 자라
고등학생이 되었다.

이렇게 박스티를 입으면
엉덩이 큰 게 티 안 나겠지?

그 무렵 엄마는 어느 구제 옷가게에서
점원으로 일하기 시작했는데

어서 오세요~
편하게 입어보세요!

보물창고

엄마가 고용된 이후로
가게의 매출이
약 두 배쯤 뛰었다.

뜻밖의 재능을
남의 가게에서만 발휘하기가
아까웠던 엄마는

1년 뒤 약간 무리를 해서
자신의 구제 옷가게를 차렸다.

얼떨결에 구제 옷가게의
딸내미가 된 나는

원 없이 많은 옷을
입어볼 수 있었고

늘 입던 박스티를 벗고
원피스를 즐겨입기 시작했다.

**二〇대
남자 손님**

엄마의 구제 옷가게는
성황리에 장사가 시작되었다.

나는 종종 엄마를 도와
옷가게 카운터 일을 보았다.

> 그럼 3천 원
> 빼드릴게요~

> 또 오세요.

> 딸내미가 장사를
> 야무지게 하네.

그치만 그 일은 좀 지루했다.
주요 고객인 아줌마 아저씨들은 내게
그 어떤 긴장감도 불러일으키지 않았기 때문이다.

> 안녕히
> 가세요~

> 멋있는 남자애랑
> 놀고 싶다···

무작정
대기하기로 했다.

나는 그애가 언제 또
우리 가게에 올지 몰라서

며칠 후
그 남자애가 다시 등장했을 때

내 음악 취향을 선보이고 싶어서
다프트 펑크 앨범을 틀었다.

그러자 옷을 고르던 그 남자애가
작고 낮은 목소리로 노래를 흥얼거렸다.

잠시 후 그애가 바지를 입어보기 위해
탈의실에 들어갔고

갈아입고 나와서 나에게 물었다.

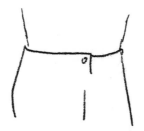

패션 피플

그애가 엄마의 옷가게에서 입어보는 옷들을 보고
열심히 대답을 해주다가 우리는 친해졌다.

이건 어때요?

잘 어울려요.

이건?

그것도!

그애는 우리 가게의 단골손님이 되었다.

항상 예쁘게
입고 오네.

응. 나는
패션디자인을
전공하고
있거든.

얼마 후 그애가 반가운 제안을 했다.

주말에
내 친구들이랑 같이
이태원 놀러갈래?

좋아!

나 이태원
한 번도 안 가봤는데···
패션디자인학과 친구들은
모두 옷을 잘 입고 오겠지?

33

주말 아침, 나는 옷을 세 시간 동안 골랐지만
그날따라 내 옷장이 너무 빈약해 보였다.

엄마 말대로 차려입고 약속장소에 나갔는데
올블랙으로 차려입은 그애의 모습이 보였다.

그애는 나를 위아래로 훑어보고는 말했다.

안녕.

왔어?

꽃무늬를 참···
좋아하나보네?

나는 어쩐지 그 말에
약간의 무시가 섞여 있다고 느꼈다.

꽃무늬 원피스를 입고 나온 걸
후회하느라 나는 아무것에도
집중할 수 없었다.

인터넷에서 주문한
신발이 아직도 안 왔어!

그애의 친구들과 합류했을 땐 조금 더 시무룩해졌다.

죄다 세련된
올블랙…

얘는 우리 동네에 있는
구제 옷가게
사장님의 딸이야.

구제 옷가게의 딸로 소개되다니.
어쩐지 창피하다.
나 잘하는 거 많은데…
그나저나 얘네들은 다 말랐네.
나만 통통한데다가 튀는 무늬 옷
입고 있어서 민망하다…

나는 올블랙으로 입은
패디과 친구들과
나란히 걸었다.

zara는 쓰레기야~

BURBERRY도
난 구리던데.

〈TIME〉에
나온 S/S 컬렉션
봤어?

우렁마가 만약
새 옷을 팔았으면
지금 내 기분이 덜 초라했을까?

아니야!
우렁마 가게가 뭐 어때서!

36

원망

패션 피플들 사이에서 나는
엄마가 하는 일을 잠시라도 부끄러워했던 것이
부끄러웠다.

하지만 솔직히 엄마가
가끔 부끄러워할 만한
인물인 것은 사실이었다.

엄마는 퇴근하고 집에 돌아와
옷을 벗을 때면 꼭

자기가 하루종일 신었던
양말의 냄새를 한 번씩
맡아보았다.

도대체 그 냄새를
왜 맡아?

구수해서.

또 엄마는 똥을 쌀 때 꼭
한줄기 눈물을 흘렸다.

도대체 왜 울어?

시원해서.

또 엄마는 많은 물건을
잃어버렸다.

물론 엄마의 그런 면모와
패션 피플들과의 만남은 전혀 상관없는 일이었는데

지갑 어디에
뒀더라?

차 키
어딨지?

핸드폰은
어디 갔지?

아빠한테
돈 받아야 되는데!

난 어제
받아서 코트
질렀어.

나는 내일
엄마랑
백화점 가.

나는 그날 이태원에서
자꾸 엄마를 생각했다.

엄마 말대로
입고 나오지 말걸···
엄만 아무것도
몰라.

자기가 초라해 보일 때
괜히 엄마를 미워해보는 것은
딸들이 자주 하는 일 중 하나였다.

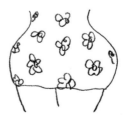

나인틴 나이티
_아빠 편

엄마와 아빠가 만난 건
25년 전의 일이다.

(1967~)

(1967~)

1990년 답십리
자동차 부품 상가 골목이었다.

아빤 수많은 상가의 남자들 중 하나였고

엄만 수많은 상가의 여자들 중 하나였다.

어서 오세요!

진양상회에서 엄마는 미스 장으로 불리며
재고를 파악하고 장부를 정리하고
손님을 맞이하고 커피를 탔다.

아빠가 엄마를 처음 본 건
거래처 일 때문에
그곳에 들렀을 때였다.

그러나 엄마에게 아빠는
그저 원 오브 뎀이었다.

그녀가 근무중인 진양상회에는
괜히 기웃거리는 상가의 남자들이
언제나 득실거렸다.

자네들 일 없으면
이제 그만
가보게.

아빠는 그들에 비해
체격이 왜소했고
아직 소년 같았다.

시간이 날 때면
아빠는 주로 책을 읽었고
노트와 잠자리 안경과
담배를 챙겨서 다방에 갔다.

스무 살엔 시 한 편을 써서
어느 예술대학의 문예창작과에 입학했지만

예민한 영혼이라
대학에 적응을 못하고 금방 때려치운 뒤
자동차 부품 상가에서 일을 했다.

예민한 영혼이
사랑에 빠지기 시작하면
대단한 속도로
가슴에 불이 나는 법이었다.

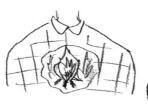

아빠는 어떻게 하면
미스 장과 데이트할 수 있을지를
궁리하며 하루하루를 보냈다.

복희야,
집에 가자.

문제는 미스 장의 아버지가
매일 그녀의 퇴근 시간에 맞춰
오토바이를 타고 데리러 온다는 것이었다.

41

나인틴 나이티
_엄마 편

열아홉 살이었던 그녀는 열심히 공부해서
한 대학의 국문과에 합격했으나

집에 돈이 없어서 입학을 못했다.

등록금만이라도
어떻게 해주시면···

나머지 학비는
제가 벌면서
다닐게요!

대학 등록이 마감되던 날에 그녀는
처음 사본 소주를 들고 다락방에 들어간 뒤

3일 동안 나오지 않았다.

3일 뒤 부은 눈으로
다락에서 나온 그녀는

양푼에 비빔밥을
잔뜩 비벼 먹고는

다음날 진양상회에 취직했다.

미스 장은 나이가
어떻게 되나?

스무 살
입니다.

미스 장의 월급은
45만 원이었다.

그녀는 그중 40만 원을
통장에 저금하고

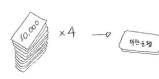

세 명의 동생에게
각각 만 원씩을 주고

남은 2만 원만을
자기 용돈으로 썼다.

떡볶이
사먹어야지!

그 무렵 미스 장은 돈을 아끼기 위해
도시락을 싸서 출근했는데

어느 날 근무중에
한 왜소한 남자가 와서 말했다.

같이
밥 먹어요.

?

저 도시락
싸왔는데···

도시락은
집에 가서 먹어요.
맛있는 거 사줄게요.

내가 좋아하는
열무 지짐 싸왔는데···
그리고 퇴근하면 아부지가
데리러 올 텐데···

미스 장이 이런저런 핑계로 거절하자
남자는

다음날 MX 오토바이를 끌고
진양상회 앞에서 대기했다.
미스 장 아빠의 도착 시간보다
조금 빨랐다.

집까지
데려다줄게요.

타요.

나인틴 나이티
_김사장님 편

진양상회의 김사장은 어느 날

왜소한 남자가 끌고 온
오토바이를 타고 가는
미스 장의 옆모습을 보았다.

오토바이가 떠난 뒤 상가의 남자들은
일제히 수다를 떨었다.

저놈
누구야?

흑룡상회
첫째아들이야.

와···
미스 장을
태우다니!

그들은 매일같이 진양상회에 와서
미스 장을 쳐다보곤 했지만

자네들
일 없으면 이제
그만 가보게.

아무도 미스 장에게
용기 내어 딱 고백하지는 않았다.

바보 같은
놈들···

김사장이 보기에
정공법을 쓴 건
그 남자뿐이었다.

끝나고
나 만나요.

46

진양상회에는 뒷문이 있었다.

둘은 그 뒷문으로
미스 장 아버지의 눈을 피해 빠져나가곤 했다.

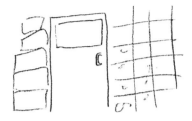

진양상회의 뒷문이
부지런히 열리고 닫힌 지
1년 만에 김사장은
청첩장을 받게 된다.

둘의 결혼식에는
자동차 부품 상가의 거의 모든 사람들이 왔다.

김사장은 그날
상가 남자들의
헛헛한 마음을 위로하며
하루를 보냈다.

가까이 있을 때
잡아야 되는 거야.

복희

　한동안 복희를 쓰지 못했다. 그간 복희에 관해 내가 쓴 모든 글이 별로라고 느껴졌기 때문이다. 그녀에 대해서는 유독 최상급 표현을 남발하고 말았다. 내가 이 세상에서 가장 사랑하는 남이어서 그랬을지도 모른다. 오랫동안 복희에 대한 글을 쓰고 만화도 그렸지만 나는 가능하다면 그 모든 자료를 영구적으로 삭제하고 싶다. 다시 한다면 더 잘해볼 수 있다고 말하고 싶다.

　필연적으로 실패하겠지만 그래도 다시 시작해본다.

　복희는 1967년 가을 충남 공주에서 태어났다. 웅이가 서울 명륜동에서 태어난 해이기도 하다. 두 사람은 모두 맏이인데, 복희의 부모와 웅이의 부모는 비슷한 점이 없었다. 서로 다른 부모 아래서 둘은 무척 다른 사람으로 자라난다. 부모뿐 아니라 그들을 키운 풍경도 다를 것이다. 웅이를 키운 도시와 복희를 키운 농촌은 길도 건물도 냄새도 주업도 부업도 이웃도 집도 간식도 다를 테다.

복희 유년기의 정확한 좌표는 충청남도 공주시 이인면 용성리 잣골.

그녀는 잣나무가 많은 동네에서 가난한 부부의 맏딸로 태어나 자랐다. 태어나보니 가난이 디폴트 상태였기 때문에 복희는 그것으로부터 새삼 딱히 상처받지 않았다. 잣골 사람들은 모두 복희를 알았다. 복희를 부르는 목소리는 날마다 어디서나 들려왔다. 충청도 사투리가 심한 잣골 어른들은 '희' 자 발음을 어려워했다.

"복크이야~"

복희의 이름은 꼭 이렇게 들려왔다. 자기 이름을 어떻게 발음하든 복희는 상냥하게 대답하고 어른들에게 먼저 질문을 건넸다.

"예~ 진지 잡수셨어유? 장에 다녀오세유?"

어린 복희의 얼굴은 빵빵하게 익은 홍시 같았다.

잣골에는 잣나무뿐만 아니라 감나무도 많아서 복희는 많은 단감과 홍시를 먹고 자랐다. 그녀는 초등학교 때부터 본격적으로 부엌일을 할 줄 알았다. 부뚜막 아궁이에 나무를 때서 보리밥을 하고 그 불이 꺼지면 숯 위의 남은 열기에 뚝배기를 올려 찌개를 끓였다. 암만 가난한 집도 마당엔 늘 장이 있었다. 된장, 고추장, 간장 등 복희 엄마와 할머니가 담가놓은 것이었다. 김치와 시래기와 무말랭이와 말린 나물도 언

제나 있었다. 끓여 먹거나 지져 먹을 때 참기름을 넣으면 그렇게 고소
할 수 없었다. 귀하니까 한두 방울씩만 넣어야 했다. 참기름은 조금
만 넣어도 음식맛을 확 살렸다. 복희는 날마다 밥을 지어서 동생 세 명
의 입에 풀칠을 해주었다.

그로부터 40년이 지난 지금까지도 복희는 많은 이들의 끼니를 지
으며 지낸다. 복희가 잘하는 일은 아주 많은데 요리는 특히 찬란하
고 탁월하다. 한 명리학자는 복희의 사주에 도마와 식칼이 있다고 말
했다. 복희는 텔레비전을 보다가 시골과 산과 들과 노인이 나오면 어
쩐지 무조건 채널을 고정한다. 화면에 초가집이나 부뚜막, 장독대 같
은 게 등장하면 빼도 박도 못하게 그 프로그램이 끝날 때까지 시청해
버린다.

복희가 국민학생이었을 때 그녀를 특히 예뻐한 건 국어 선생님들
이었다. 그래서 복희는 시 낭송할 일이 많았다. 복희는 산문보다는 운
문이 좋았다. 많은 이들 앞에서 운문을 잘 살려 읽는 법을 그녀는 알았
다. 그녀는 작은 마을의 작은 학교에서 듬뿍 촉망받으며 중학생 시절
까지 지냈다. 1970년대였다.

그러다가 1980년대 초 복희네 가족은 여러 복잡한 사정에 떠밀
려 도망치듯 서울로 집을 옮겼다. 복희는 서울에 있는 고등학교에 진
학했고 도시의 커다란 학교와 수많은 인원 속에서 조금 길 잃은 심정

이 되었다. 서울에는 복희보다 뭘 잘하는 사람이 아주 많았다. 복희는 자기 존재가 작고 애매하고 사소하다고 느끼며 충청도 말씨를 서울 말씨로 고쳤다. 서울에 와보니 가난이란 건 모두에게 디폴트 상태인 게 아니었다. 그녀는 자신의 집이 상대적으로 무척 가난하다는 걸 실감했다. 그 무렵 사실 복희는 아주 아름다워지고 있었다. 동시에 전에 없이 의기소침했다.

열아홉 살 때 복희는 국어 교사가 되고 싶었고 관련 학과를 갈 수 있을 만큼은 성적이 좋았다. 대학 합격통지서가 복희네 집에 도착했다. 하지만 등록금을 낼 돈이 복희네 집엔 한푼도 없었다.

어떤 행운도 일어나지 않은 채로 등록금 납부기한이 지나갔고 복희는 대학생이 되지 못했다. 그날 복희는 소주 세 병을 들고 다락방에 올라가 문을 걸어잠근 뒤 한동안 나오지 않았다.

3일 뒤 다락에서 내려온 그녀는 비빔밥을 양푼 한가득 비벼 먹고 구직을 시작했다.

한편 웅이는 시를 써서 서울예전 문예창작과에 입학했고 잠자리 안경을 낀 채 은둔형 대학 생활을 시작했다.

복희와 웅이. 아직 서로를 알지 못했던 두 사람이 처음 만나는 순간을 상상해본다. 만약 두 사람이 같은 학교의 학생이었다면 어땠을지.

만약 복희가 대학생이 되었다면, 그래서 캠퍼스를 걸을 때 웅이 곁을 스쳐지나갔다면 웅이는 높은 확률로 그녀를 돌아보았을 것이다. 웅이 아닌 누구라도 그녀를 돌아보지 않기란 어려웠을 테니까. 그녀의 미는 작고 동그랗고 탄력적이어서 자꾸만 다시 보고 싶어지는 모양이었다. 책받침에 복희 모습을 인쇄해 코팅을 해도 이상하지 않을 만큼 복희는 예뻤다.

복희는 아마 웅이를 돌아보지 않았을 것이다. 작고 마른 체구의 웅이는 구석에서 책을 읽고 담배를 피우고 성냥갑을 모으는 학생이었다. 그는 우울감에 대해서 잘 알고 있었다. 동시에 여자의 아름다움에 대해서도 조용히 일찍이 실감했다. 대학에서 그는 찌질한 남자가 등장하는 실패담들을 썼다.

문학을 전공했다면 복희는 과연 어떤 글을 썼을까. 그게 너무도 궁금해질 때가 있다.

두 사람이 실제로 처음 만난 것은 1986년 봄. 각자 고등학교를 졸업하고 막 스무 살이 되던 해이다.

웅이와 복희는 답십리 자동차 부품 상가에서 만났다. 웅이는 대학생인 동시에 흑룡상회의 직원이었고 복희는 그 옆에 있는 진양상회의 경리였다. 가게에서 그녀는 '미스 장'으로 호명되었다. 커다란 상가 동네를 빽빽하게 채운 수많은 가게에서 여자 노동자는 아주 드물었다. 그곳은 귓등에 담배를 꽂은 남자들의 일터였다. 웅이 역시 그 일터의 남자 중 하나였다.

흑룡상회에 있던 웅이는 어느 봄날에 가게 밖을 유유히 걸어가던 복희를 보게 된다.

웅이가 보기에 투피스를 입은 복희는 몹시 예쁘고 조심스럽고 야했다. 이 무렵 복희의 모습은 잣골 살던 시절의 복희와는 달랐으나 웃는 눈 모양과 탱탱한 뺨은 여전했다. 그 아름다움은 웅이만 알아볼 수 있는 것이 아니었으므로 상가의 여러 남자들은 일이 없어도 괜히 진양상회를 들락날락했다. 진양상회의 김사장은 구애의 눈빛을 보내는 수많은 이들을 종종 내쫓아야 했다. 김사장은 자신의 경리 직원을 아꼈다. 부지런하고 야무지기 때문이었다.

웅이가 복희를 선택한 것에 대해서 나는 궁금해한 적이 없다.

내가 궁금한 것은 복희가 왜 웅이를 선택했는지에 대해서다.

그녀는 도대체 왜 말라깽이 웅이를 사랑하게 된 것인가! 둘의 역사를 쓸 때 나는 늘 이 질문에서부터 출발한다.

화장실

엄마는 나 없이 똥을 쌀 수 없었다.

어린 내가 화장실 앞에서
문 열라며 난리를 쳤기 때문이다.

변기 앞에서 급하게
바지를 내렸다가도

다시 지퍼를 여민 뒤
나를 데려와야 했다.

엄마는 변기에 앉은 뒤 나를
자기 허벅지 위에 앉혔다.

나는 똥싸는 엄마를
마주보았다.

구수한 똥냄새를 맡으며
엄마의 젖꼭지를 만지작거렸다.

엄마는 똥을 쌀 때면 꼭
한줄기 눈물을 흘리곤 했다.

왜 울어?

너무 시원해서.

나는 기분이 이상해서
괜히 코를 팠다.

상실

어느 날 엄마와 아빠가 함께
큰 가방을 들고 현관문을 나서더니

밤이 되어도
돌아오지 않았다.

여섯 살 때였다.

나는 할머니 품에
얼굴을 묻고 울었다.

엄마는 다음날에도
돌아오지 않았고

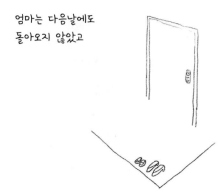

그다음날에도
돌아오지 않았다.

나는 식음을 전폐하고
울었다.

앞집 옆집 뒷집 사람이
잠을 못 잘 정도로
악을 써대서 달팽이관이 아렸다.

할머니는 쉬지 않고 우는 나를
진정시키느라 잠을 못 잤다.

나는 새벽 내내 엄마를 부르짖다가

동이 틀 때쯤 지쳐
잠이 들었고

점심에 눈을 뜨자마자
방바닥을 치며
다시 울기 시작했다.

할머니는 며칠 만에 노랗게 질렸고
주름이 늘었다.

일주일 뒤 엄마가
조금 그을린 얼굴로
현관에 다시
나타났을 때

나는 더이상 울지도 못할 만큼
지쳐 있었다.

절대로 일주일 전과 같은 표정으로
엄마를 쳐다볼 수 없었다.

상실이란 게 뭔지
알아버렸기 때문이다.

엄마는 신발을 벗고
내게 다가왔다.

나는 마음이 너무 아려서
엄마가 나를 안지 못하게 했다.

며칠이나 나를 버려놓고
그렇게 단번에 나를
안을 수는 없는 거였다.

배신감에 치를 떨며
엄마의 팔을 두 손으로 밀쳐냈다.

그러자 엄마가
웃으며 말했다.

애 입술
앙다문 것 좀 봐!

엄마는 덧니를 드러내며 웃었고
내 볼을 감쌌다.

나는 꼭지가 돌았다.
'웃다니, 웃다니!'

증오의 눈물이
닭똥처럼 떨어져나왔다.

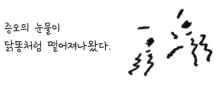

엄마는 두 팔을 크게 벌려서
나를 안았다.

엄마 냄새가 났다.

마음이
녹아버릴 것만 같았다.

나는 그 포옹에
지기 싫어서

엄마의 목덜미를
꽉 물어버렸다.

엄마가 소리를 질렀다.

엄마의 목덜미를 꽉 물자
입에서 비릿한 맛이 났다.

나는 피 묻은 입을 목덜미에서 떼고
엄마를 노려보았다.

목덜미를 움켜쥐고 신음하는 엄마를
두 눈으로 똑똑히 보았다.

소름이 돋도록 짜릿했고   온몸에 힘이 빠질 만큼 미안했다.

나도 모르게 오줌이 나왔다.

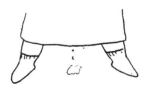

목에서 피가 나던 엄마는
오줌 싼 나를 꼭 안은 뒤

화장실로 데려갔다.

엄마가 만세를 하라고 해서
나는 순순히 팔을 들어올렸다.

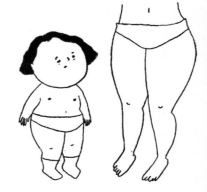

나는 엄마의 배꼽에도 키가 닿지 않았다.

엄마는 옷을 훌훌 벗고 나를 씻겼다.

비누칠을 할 때쯤에 내 마음은
이미 다 풀어져 있었다.

내 팔에 닿은 샤워볼에서
비누 거품이 퐁퐁 솟아올랐다.

그동안 도대체 어디에 갔던 거냐고
묻고 싶었지만

편도선이 다 헐어서 목소리가
잘 나오지 않았다.

나는 눈썹에 힘을 주고 모가지를 부여잡은 채로
겨우 한마디를 내뱉었다.

어디…?

엄마는 단번에 알아듣고 대답했다.

아빠랑 괌에 갔었어.

괌이라니.
생전 처음 듣는 이름이었다.

괌··· 괌··· 고암··· 고아암···

나는 그날 이후로 더이상   엄마가 똥을 쌀 때 따라가지 않았다.

그후로 거의 20년이 지났는데

괌이라는 단어를 들으면
아직도 편도선이 뻐근하다.

유치원

얼마 후 나는 유치원에
가야 하는 나이가 되었다.

나는 이전까지
유치원이
무엇인지 몰랐다.

유치원이라는 건
노란색 봉고차와 함께 시작되는 것이었다.

엄마가 이른 아침
나를 데리고
집 앞 길가에 나서자

이내 봉고차가 도착했고

차문이 열렸는데

눈앞에 아비규환이 펼쳐졌다.

나는 절대 그 안으로
들어가고 싶지 않았다.

엄마의 바짓가랑이를 꽉 잡아보았지만

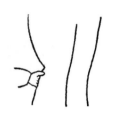

엄마는 나를 번쩍 들어 선생님에게 넘겼다.

유치원에 도착하자

나처럼 납치된 애들이 수두룩했다.

울다가 오줌을 지리는 애도 보였다.

나는 구석에 쪼그려앉아 눈물을 훔치며
내가 왜 여기 있어야 하는지 이해해보려고 했다.

하지만 도저히 이해가 되지 않았다.

이 고통이 도대체 몇시에
끝나는 건지 알고 싶어서

용기를 내어 선생님께
다가가 물었다.

집에···
몇시에···?

3시에
데려다줄 거야.

3시까지는 어떻게든 견뎌야 했다.

유치원에는

네 가지 영역이 있었다.

1. 볼풀 영역
=플라스틱 공들 속에서
애들이 허우적대며 즐거워하고 있었다.

2. 블록 영역
=옹기종기 모여앉아
블록을 쌓고 있었다.

3. 인형 영역
=엄마 놀이, 병원 놀이,
동물원 놀이 등을 하고 있었다.

4. 책 영역
=아무도 없었다.

내가 책을 읽을 수 있게 된 건
유치원에 다니기 조금 전부터였다.

집에는 몇 권의
동화책이 있었는데

처음엔 글자를 알아볼 수 없어서
그림만 봤다.

그러다가 한글을 깨우치면서

문장이라는 걸 알게 되었다.

가나다라마바···

사··· 사냥꾼이···
공주에게 다가갔습니다.

문장을 읽는 것은 꽤 어려운 일이어서
꼭 엄마의 도움을 받아야 했는데

엄마는 항상
부엌에 있었으므로

나는 부엌 가까이에서
책을 읽곤 했다.

엄마.
'고난'이 무슨 말이야?

음···

너무너무 힘든 걸
말하는 거야.

얼마 후 나는 유치원 책 영역에서 독서를 하며
엄마에 대한 그리움을 달래게 되었는데

어느 날 옆을 돌아보니

어떤 남자애도
책을 읽고 있었다.

그애는 볼풀 영역이나 블록 영역에서
깔깔대는 다른 애들이랑은 뭔가 달라 보였다.

우린 서로 말을 해본 적은 없었지만

그애를 발견한 이후로 나는
아침에 시간이 더 많이 필요해졌다.

매일 예쁘게 단장한 채로
유치원에 가장 먼저
도착하고 싶었기 때문이다.

그러려면 나는 정확히
오전 7시 50분에 일어나야 했다.

엄마, 내일
7시 50분에 나 깨워.

그러나 아침잠이 많았던 엄마는 꼭
오 분 늦은 7시 55분에 졸린 눈으로
나를 깨우러 왔다.

07:55

슬아야
일어나자~

그럼 나는 절대 유치원에 가지 않았다.

사실 나는 엄마가 깨우지 않아도
매일 아침 7시 50분이면 저절로 눈이 떠졌다.

예민했기 때문이다.

그런데도 엄마가 깨울 때까지
눈을 뜨고 기다렸던 이유는

엄마를 시험하고 싶어서였다.

엄마가 내게 공을 들이는 모습을
끊임없이 확인하지 않으면 견딜 수 없었다.

엄마는 눈을 뜨자마자
허겁지겁 나를 깨우러 왔다가

07:53

슬아야
일어...

두 눈을 시퍼렇게 뜨고 있는 나를 보며
소스라치게 놀라곤 했다.

무서워...

그러던 어느 날이었다.
엄마가 나를 정확히
7시 50분에 깨웠는데도

그날따라 유치원에
끔찍하게 가기 싫었다.

그래서

죽은 척을 했다.

엄마가 와서 다정하게 나를 깨웠지만

나는 눈을 감고 미동도 하지 않았다.

슬아야~
유치원 가자.

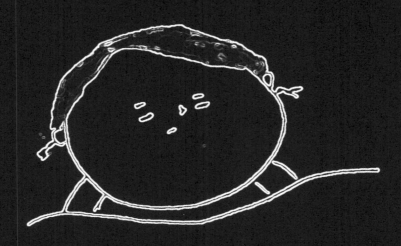

당시 우리집엔 여러 식구가 살고 있었으므로
엄마는 그들을 향해 소리쳤다.

!!!!!!

!!!!!

슬아 아빠! 아버님!
어머님! 서방님! 도련님!
동서! 슬아가 눈을 안 뜨고
숨도 안 쉬어요!

??

?

슬아야!!!!

뺨을 너무 세게 맞아서
온 얼굴이 화끈거렸다.

조금만 더 버텨보자···

견디자···

눈 좀 떠봐!!!!

그때 할아버지가
찬물이 든 바가지를 들고 왔다.

물을 뒤집어쓰고 눈을 떠보니

엄마가 울고 있었다.

엄마는 울면서
다신 그러지 말라고 말했다.

나도 모르게 눈물이 났다.

엄마가 울었기 때문이다.

엄마랑 나는 눈물샘의 어딘가가
연결되어 있는 것 같았다.

그후로도 한참을

엄마가 울 때마다
나도 울었다.

결석

어렸을 때 내가 학교에 가기 싫은 티를 내는 날이면 엄마는 얼마나 아프냐고 물었다. 진짜로 아픈 날에나 가짜로 아픈 날에나 나는 꼭 진짜로 아프다고 말했다. 엄마는 그럼 꼭 담임선생님께 전화를 걸어주었다.

"안녕하세요, 선생님. 저 슬아 엄마예요. 건강하세요? 네. 네에. 다름이 아니라 슬아가 어젯밤부터 토하고 설사를 해서 몸 상태가 말이 아니네요. 오늘은 학교에 못 보낼 것 같아서 전화드렸어요……"

그리고 엄마는 선생님과 다정하게 몇 마디를 더 주고받은 뒤 걱정해주셔서 감사하다는 말을 끝으로 전화를 끊었다. 끊고 나서 나를 꼭 안아주며 물었다.

"오징어 넣고 부침개 부쳐 먹을까?"

나는 함박웃음을 숨기느라 애써야 했다. 엄마의 세상 속에서 평생 살았으면 했다.

운동회

학교에서 운동회가 열리던 날이었다.

낯선 흥분감이 운동장을 가득 채우고 있었다.

체육 선생님의 목소리와
경기 시작을 알리는 총성과 함성,
흙먼지 냄새와 도시락 냄새와
가을바람 냄새

그 사이에서
엄마를 기다렸다.

우럼마 언제 오지?

그때 왁자지껄한 돗자리들 사이로

익숙한 실루엣의 여자가
걸어들어왔다.

엄마는 그 넓은 운동장에서  가장 눈에 띄는 학부모였다.

나는 그게 좋기도 하고 불안하기도 했다.

엄마랑 운동장 한구석에 앉아
도시락을 먹고 있는데

안내방송이 들려왔다.

나는 하이힐 신은 엄마가 걱정스러웠다.

그러나 엄마는 가끔씩
아주 우월했다.

흩어지는 자아

운동장의 수많은 인파 속에서 복희를 기다리던 유년이 내겐 있다. 운동회가 열리는 가을은 1학년부터 6학년까지 전교생이 죄다 쏟아져 나와 모래먼지 이는 운동장에서 율동을 하고 시합을 하고 도시락을 먹는 계절이었다. 그 사이에서 나는 복희가 언제 오나 하고 오매불망 기다렸다.

복희는 늘 조금 늦었다. 그녀가 시야에 나타나기 직전까지 난 그녀를 죽도록 미워했다. 혹시라도 안 올까봐 미리 미워하느라 마음이 지쳤다. 복희는 뭔가를 자주 까먹는 엄마였다. 1학년인 나의 신발주머니를 챙겨주는 일이나 내 생일이나 내 나이 등을 왕왕 까먹었다. 핸드폰을 잘 잃어버리는 사람이기도 했다. 오늘이 운동회라는 걸 그녀가 까먹었을지도 몰라서, 모든 애들이 부모랑 밥을 먹는데 나는 아무랑도 먹을 사람이 없을까봐 울먹거리며 복희를 기다렸다. 만약 그녀가 정말 오지 않는다면 난 수돗가에 가서 수도꼭지를 틀고 오열할 것이었다.

그러다 사람들 틈에서 그녀가 명랑한 얼굴로 나타나면 나는 가슴이 먹먹해서 딴 데를 봤다. 복희는 딱 달라붙는 티셔츠에 하이웨이스트 청바지를 입고 하이힐을 신고서 학교에 왔다. 화려한 옷이 아닌데도 눈에 띄는 맵시였다. 내 앞에 도착하기까지 그녀 뒤로 여러 시선들이 따라붙었다. 직전까지의 원망과 이제 맞이할 기쁨 사이에서 나는 어떤 표정을 지어야 할지 잘 선택하지 못했다. 그 사이의 합의점을 찾아 애매하게 신경질을 내고는 복희 손을 잡고 돗자리 위에 앉았다.

4단 도시락통을 열면 먹음직스러운 음식들이 가득차 있었다. 그러나 수저가 없었다. 복희는 그런 식이었다. 어머, 헤헤 하고 웃으며 옆자리 학부모에게 나무젓가락 한 짝을 빌려 반으로 뚝 잘라 나에게 나눠줬다. 그러고선 내게 오늘의 컨디션과 운동회의 경과 등에 대해 다정하게 물어보았지만, 나는 새침하게 도시락을 먹으며 복희의 말을 씹었다.

다 먹을 즈음엔 학부모 달리기 경주가 열렸다. 모든 엄마들이 참여해야 했다. 킬힐을 신고 출발선에 서는 복희를 보며 나는 마음이 불안했다. 빨리는 안 달려도 좋으니 부디 넘어지지만 말길, 나를 창피하게 만들지 말길 기도하며 멀리서 서 있었다. 탕! 하고 출발신호가 울리면 복희를 비롯한 서너 명의 엄마들이 뛰기 시작했다. 나란히 서 있던 삼

사십대 여자들 사이에서 검은 티에 청바지를 입은 여자가 홀로 앞서나 갔다.

복희는 압도적으로, 정말이지 압도적으로 빨랐다. 34인치 가슴과 24인치 허리와 36인치 엉덩이와 탄탄한 허벅지를 날렵하게 놀리며 결승선을 향해 달리는 복희를 나는 까치발을 들고 바라보았다. 주위를 둘러보자 운동장에 있던 모두가 복희를 바라보고 있었다. 그 순간 복희의 존재감이 얼마나 뚜렷했는지 기억한다.

초등학생이었지만 그런 생각이 들었다.

'여기서 이럴 사람이 아닌 것 같은데……'

그럼 어디서 뭘 할 사람이어야 한다는 건지는 알 수 없었다. 분명한 건 지금보다 더 주목받을 법한 사람이라는 느낌이었다.

정작 복희는 딱히 그럴 생각이 없어 보였다. 수월하게 1등을 하고 숨을 후 내뱉은 뒤 내가 앉은 돗자리로 와서 도시락을 치웠다. 그리고 집에 가서 설거지를 하고 다시 여러 끼의 밥을 차리며 십몇 년을 보냈다.

하지만 그녀는 자주 그런 질문을 했다. 사는 게 뭘까, 슬아야. 어떻게 사는 게 맞는 걸까.

내가 태어나기 전인 1980년대 말에도 그녀는 궁금했댔다. 대학을 못 가고 경리로 취직하던 무렵이었다. 어떻게 살아야 할지 모르겠다고 말하는 복희에게, 근처 다방 언니는 그런 말을 했다.

"복희 너는 얼굴도 예쁘고 날씬하니까, 항공대에 가면 좋겠다."

당시 스튜어디스는 꿈의 직업이었다. 언니는 한 가지가 걸린다는 듯 덧붙였다.

"근데 키가 작아서……"

그 말에 복희는 조금 부끄러웠지만 항공대에 가면 좋겠다는 말은 듣기 좋았다.

사람들은 스무 살의 복희에게 탤런트 해도 되겠다는 말을 종종 건네곤 했다. 탤런트가 될 수 있을지, 만약 정말 된다면 어떨지 스무 살의 복희는 조금 궁금했다.

그래서인지 어느 날 복희는 버스를 타고 방송국에 가기로 했다. 케이비에스 탤런트 공채 모집을 하던 시기였고 복희는 원서를 내보고 싶었다. 복희가 살던 답십리 쪽방에서 여의도 케이비에스까지는 버스를 몇 번 갈아타야 했다. 상경한 지 몇 년 되지 않아 아직 서울 지리가 익숙지 않았다.

버스를 타고 여의도로 가는 길에 복희는 몇 번이나 길을 헤맸다. 케이비에스가 어디냐고 몇 번을 물어가며 찾아갔을 것이다. 여의도 한복판을 한참 헤매다가 복희는 해가 다 져서야 커다란 방송국에 도착했다. 건물 안에 들어섰을 땐 저녁 7시였다.

지원서 접수 마감 시간은 6시였다.

복희는 지원서를 내지 못했다.

지금도 그녀는 여의도가 어렵고 낯설다.

　방송국에서 나오는 길, 케이비에스 건물 근처에서 복희는 한 여자를 보았다. 아주 예쁜 여자였다. 어디서 본 듯한 얼굴이었다. 곰곰 생각해보니 요즘 방영중인 드라마에서 조연의 친구로 나오는 배우였다.

　'조연의 조연도 이렇게 예쁘다니. 난 역시 안 되겠다.'

　복희는 생각했다.

　그로부터 30년이 지난 지금 복희는 안방에서 텔레비전을 보고 있다. 복희만큼 쉽게 웃고 우는 시청자를 나는 알지 못한다.

　복희는 가끔 생각할까. 그녀가 될 뻔한 자신의 모습을. 놓쳐서 날려버린 기회와 가능성들을. 그게 아쉬울까. 혹시 아무렇지도 않을까.

　복희 나이의 반밖에 안 살아봤는데도 나는 내가 될 뻔했던 내 모습을 자주 그린다. 유치원 때 글쓰기로 칭찬받지 않았다면, 만약 춤추기로 칭찬을 받았다면 어쩌면 나는 무용수가 될 수도 있지 않았을까 하는 가정 같은 것 말이다. 복희도 그런 가정을 할까. 다시 어려진다면 그녀가 어떤 인생을 택하고 싶은지 궁금하다.

　그녀의 유년기에 대해 나는 자주 묻게 된다. 뭘 잘하고 싶었는지, 무엇으로 칭찬받고 싶었는지 물어보면 복희는 뜬금없이 그 시절 시골 풍경을 이야기한다. 충남 이인면 용성리 잣골 논밭 한복판에 있던 원두막에 관해. 여름에 그 원두막에 누우면 사방에 소리가 얼마나 꽉 차 있었는지에 관해. 무슨 소리가 그렇게 컸냐고 물으면 복희는 자연은 원래 시끄러운 법이라고 대답한다. 무성한 풀과 꽃과 나무에서 나는 소리, 개구리와 귀뚜라미와 새와 소가 우는 소리, 땅에서 나오는 열기의 소리, 일몰의 소리, 바람의 소리. 시각과 후각과 청각을 다 채우는 그 소리들.

자연 속에 혼자 누워 있을 때 복희는 자아가 다 흩어지는 느낌이었다고 말했다.

"꼭 내가 없는 느낌이었어. 내가 없는데 아주 충만한 느낌이었어."

그녀는 자신의 유년을 그렇게 증언했다.

페이스북과 인스타그램과 트위터와 카카오톡에 끊임없이 접속되지 않고는 하루도 못 견디는 나는 그 느낌이 뭔지 짐작도 안 갔다. 내가 아는 건 인터넷 곳곳에 흩어지는 자아의 감각뿐이었다.

에어로빅
학원

우리가 살던 아파트에는
작은 상가 건물이
하나 있었다.

그 건물 지하로 내려가면
에어로빅 학원이었다.

아직 맞벌이를 하지 않아도
살 만했던 2000년대 초에
엄마는 오전마다 그곳에 다녔다.

에어로빅을 할 때
입는 옷은
따로 있었다.

엄마는 주로 브라톱에
핫팬츠를 입고 발토시를 신었다.
머리를 질끈 올려 묶는 것도
잊지 않았다.

학원에는 물론
다른 아줌마들도 많았다.
저마다 조금씩
다른 스타일을
하고 있었다.

99

학원을 지배하는 인물은
40대 후반의 원장님이었다.

그녀는 여느 댄스 학원의 원장님들처럼
목소리가 허스키했다.

원장님은 주로 WAX의
리믹스 댄스곡들을 들었다.

원장님이 몸을 풀면
엄마도 따라 풀었다.

그러나 그 학원에서는 늘
미묘한 신경전이 벌어졌다.

엄마가 다니는 에어로빅 학원은
내가 다니는 초등학교 교실과 크게 다르지 않아서

암묵적인 서열이 있었다.

에어로빅 학원에서의 서열은
각자가 서는 자리로
확인했다.

어디 서느냐에 따라
거울을 차지할 수 있는
면적이 달라졌고
원장님의 관심을
받는 정도도 달라졌다.

명당은 뭐니 뭐니 해도 센터였고
센터에는 1년 이상 다닌 고참들만 섰다.

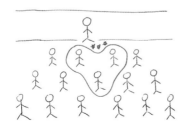

2순위는 양쪽 가장자리였다.
이쪽은 반년 이상 다닌 사람들이 주로 섰다.
센터는 아니지만 거울로 자기 모습이 나름대로 잘 보였다.

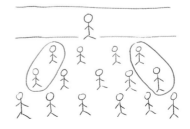

신참들은 맨 뒤에 섰다.
그들은 거울이 거의 보이지 않았다.

첫날에 엄마가 택한 자리는
당연히 여기였다.

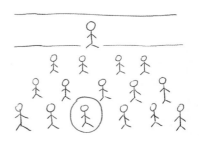

엄마는 즐겁게 에어로빅을 배웠다.

그런데 일주일도 채 지나지 않아
원장님이 엄마를 소환했다.

힙합 학원

엄마가 에어로빅 학원에 다니던 시절에

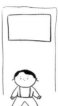

나는 학교가 끝나면 힙합 학원에 다녔다.

힙합 학원 역시 에어로빅 학원처럼
아파트 상가 지하에 있었는데

들어가기 전에는 거기가 뭐하는 곳인지
전혀 알 수 없었다.

힙합 학원에 처음 가던 날 엄마는 내게
크롭톱을 입혔다.

학원에 도착하니
나보다 네다섯 살쯤 나이가
많아 보이는 언니 오빠들이

당장이라도 벗겨질 만큼 커다란 바지를
골반에 걸치고 서 있었다.

바지 끝은 하루종일 땅에 끌려다녔는지
아주 더러웠다.

그OO그년의 청바지들은
대부분 그랬다.

곧이어 비슷한 바지를 입은
선생님이 등장했다.

자,
모여봐!

그녀 역시
엄마의 에어로빅 원장님처럼
목소리가 걸걸했다.

나는 언니들 사이에 엉거주춤 자리를 잡고 섰다.

여기
서도
되는 건가
···?

그때 선생님이
모두에게 물었다.

힙합의 기본은 어디?

언니 오빠들은 기다렸다는 듯이
명치께를 가리키며 대답했다.

선생님은 만족스럽게
웃고는

CD플레이어로
드렁큰타이거의 노래를 들었다.

그러자 다들 명치께를 접었다 펴며
그루브를 타기 시작했다.

106

힙합 선생님은 워밍업을 끝낸 후
애들을 모두 오른쪽 벽면으로 몰아넣었다.

왼쪽 벽면까지 걸어가는 연습을 시키기 위해서였다.
이것을 선생님은 워킹 타임이라고 말했다.

이때에는 꼭
어셔의 음악이 흘렀다.

yeah
yeah
yeah
yeah
yeah

음악이 나오면
두 사람씩 출발해서
반대편 벽에 도착할 때까지

최대한 힙합적으로 걸어야 했다.

따라할 엄두도 나지 않는 걸음걸이였다.

나는 최대한 보폭을 넓게 해서
재빨리 왼쪽 벽에 다다르도록 안간힘을 썼다.

그러자 힙합 선생님이 내게 다가와 말했다.

나는 그때 오줌을 살짝 지렸다.

그 시절엔 요도가 약해서
조금만 놀라거나 웃기거나 슬퍼도 팬티가 젖곤 했다.

힙합 선생님의 말은
내게 너무나 큰 깨달음을
주었기 때문에

오줌을 찔끔
싸지 않을 수 없었던 것이다.

나는 얼마 지나지 않아
워킹 타임에 활개를 치는 수강생이
되었다.

힙합식 워킹을 잘하려면
걷는 행위 자체를 즐겨야 했다.

리듬을 타며 출발한 뒤엔
나는 내가 전진하고 있다는 것을
잊어버리곤 했다.

집에 돌아올 때까지도
내 몸에는 흥이 남아 있었다.

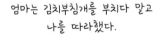

현관에서 신발을 벗고 부엌을 지나는 길에도
힙합적으로 걸었다.

엄마는 김치부침개를 부치다 말고
나를 따라했다.

가정주부

열두 살 무렵 학교에서 돌아와 현관문을 열면

엄마는 내게 먹일 간식을 만들고 있었다.

왔어~?

내가 제일 좋아하는
오징어김치부침개였고
나는 혼자서 한 판을 다 먹었다.

그 무렵 나는
식탐이 많았고
키가 쑥쑥
자랐으며

음식을 너무 맛있게
먹던 나머지
이로 혀를
자주 깨물었다.

아야!

왜?
또 혀 씹었어?

응···

입속의 비릿한 맛을 느끼며
내가 인상을 찌푸리면

엄마는 항상 나보다 더
인상을 찌푸렸다.

꼭 엄마도 혀를 깨문 것만 같았다.

얼마 후 엄마가
맞벌이를 시작하고 나서야

엄마가 가정주부였던 때가
얼마나 행복했는지 알았다.

나는 아무도 없는 집의 현관문을 열고

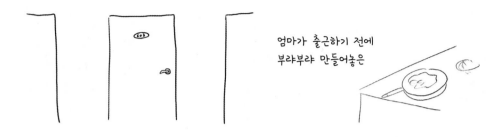

엄마가 출근하기 전에
부랴부랴 만들어놓은

식은 오징어부침개를 먹다가

또 혀를 깨물고 혼자 울곤 했다.

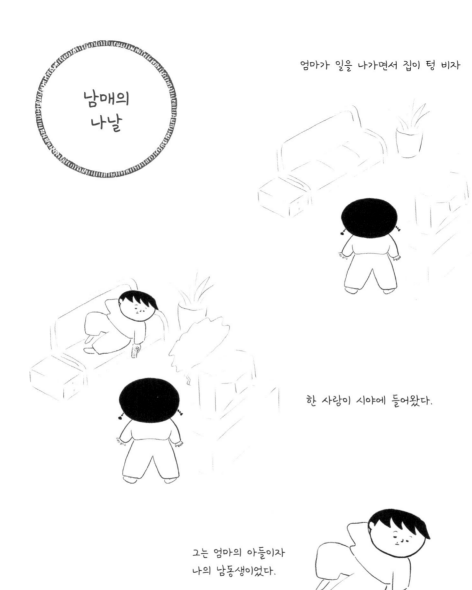

남매의 나날

엄마가 일을 나가면서 집이 텅 비자

한 사람이 시야에 들어왔다.

그는 엄마의 아들이자
나의 남동생이었다.

그동안 나는 엄마만을 사랑하느라
그를 안중에 둘 수 없었는데

부모님이 돌아올 저녁이 되기 전까지는
이제 집엔 우리 둘뿐일 것이었다.

동생과 나는 키가 비슷했고

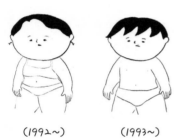

(1992~)   (1993~)

전투력도 비슷했다.

우리 관계에서 가장 커다란 문제는

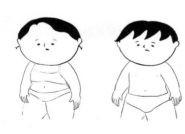

집에 컴퓨터가 한 대뿐이라는 것이었다.

114

115

싸움의 승자는

상대를 방바닥에 때려눕히고

얼굴에 침을 뱉는 사람이었다.

그러나 엄마가 다시 집을 비우면
우리는 꼭 싸우고야 말았으며

분노가 심할 땐
부엌 식칼을 꺼내와서 손에 쥐기도 했다.

어쨌든 나는 매번 가뿐히
그를 제압했다.

시간이 흘러
내가 6학년, 그가 5학년이 된 어느 날이었다.

그날도 그가 나를
화나게 하길래

나는 그에게 손찌검을 했다.

그런데

손을 꼼짝도 할 수 없었다.

그 순간 처음으로 미세한 수염 같은 것이 그의 인중에서 자라고 있음을 목격했다.

뭔가가 역전되었다는 걸

그에게 팔목을 붙잡힌 채로 직감했다.

 그날 이후로 다시는
그에게 주먹다짐을 시도하지 않았다.

운전연습

엄마가 운전면허를 딴 건
2002년의 일이다.

운전할 수 있는 엄마는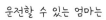

우리 반에서
3분의 1도 되지 않았다.

엄마에게 운전을 가르친 건 아빠였다.
아빠는 30년 무사고 경력의
꼼꼼하고 민첩한 드라이버였고

엄마는 내가 아는 어른 중
가장 덜렁대는 사람이었다.

아빠는 엄마를 가르치는 도중

자주 소리를 질렀다.

여기서 시동이 꺼지면 어떡해!

깜빡이 켰어?!

액셀을 왜 밟아?

브레이크! 브레이크!

아빠가 화를 낼수록 엄마는 허둥지둥했고

그럴수록 아빠는 더 폭발했으며

중앙선 넘지 마!!!

엄마는 무척 혼란스러워하다가

차를 세우고 울었다.

우리는 뒷좌석에 앉아
우리의 미래를 생각했다.

디지털
리터러시

엄마는 전화를 잘 받지 않았다.

핸드폰을 어디에 두었는지
자주 잊었기 때문이다.

핸드폰은 몇 시간 뒤에

어딨지?

어디 뒀더라?

식당 테이블 밑이나

자동차 운전석 사이나

코트 주머니 속이나

마트 계산대 등에서
발견되곤 했다.

핸드폰을 잃어버리지 않았을 때도
엄마는 전화를 잘 받지 않았다.
그 물건이 안중에 없었기 때문이다.

그렇지… 엄마가
전화를 받을 리가 없지…

나와 동생과 아빠와는 달리
엄마는 전자기기를 익숙하게 소지하기까지
오랜 시간이 필요했다.

엄마는 이메일에 대해서도
이해하기 어렵다는 표정을 지었다.

Digital native

Early
adopter

Digital literacy

엄마 계정 만들었으니까
필요하면 써.

만약에 내가
컴퓨터를 꺼놨을 때 누가
나한테 편지를 보내면
어떡해?

…

엄마가 집에 없다고 해서
우체부 아저씨가
우리집 편지함에
편지를 못 넣는 건 아니잖아.

아하~

사춘기

중학생이 되자 동생과 나는
말을 잘 섞지 않았다.

나와 말을 섞는 건
주로 엄마였고

갑자기 걔가
얼굴이 빨개지면서
막 화를 내는 거야~

어머

아빠와도 사이좋게 지냈다.

나도 커서
담배 피워야지.

동생은 엄마와도 아빠와도
말을 잘 하지 않았고

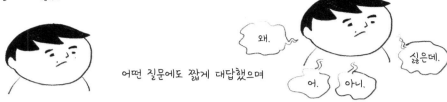

왜.

싫은데.

어. 아니.

어떤 질문에도 짧게 대답했으며

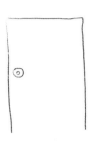

자기 방에서 잘 나오지 않았다.

하루종일 뭐하는 걸까···

야한 거 보고 있을걸?

C발,
아니거든?

벽난로

엄마의 직업이
여러 번 바뀌었던 것만큼이나

아빠의 직업도
여러 번 바뀌었다.

우리가 사춘기에
막 접어들었을 무렵
아빠의 직업은

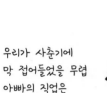

벽난로 설치공이었다.

아빠는 트럭을 타고 전국을 돌며
벽난로를 설치했고

우리집에도 벽난로가 있었다.

당시 우리는
원래 살던 소도시의 아파트가 아닌
시골의 전원주택에서 살았는데
벽난로 하나만으로 집의 난방을 해결했다.

그러려면 부지런히
나무를 해야 했다.

아빠가 산에서 나무를 주워오거나 사온 뒤

뒷마당에서 장작을 패놓으면

우리는 딴짓을 하다가도 작업복을 입고
일을 하러 나가야 했다.

아가들아.
나무 날라라.

존나 귀찮은데...

C발...
그놈의 나무...

목장갑을 끼고 나가면

귀찮아···

뒷마당엔 아빠가 알맞은 크기로 쪼개놓은 나무들이 쌓여 있었다.

우리는 타이어 재질의 커다란 삼각형 대야를 각자 하나씩 들고

거기에 나무를 담아 날랐다.

가장 무거운 나무는 참나무였고

x나 무거워 x발···

그다음은 아카시아나무, 낙엽송, 전나무 순이었는데 나는 주로 전나무를 들었다.

뭐냐? 가벼운 것만 들고 가지 마라!!

내 맘인데?

날라온 나무는 난로 옆에 가지런히 쌓은 뒤

크기와 모양을 잘 맞춰서 벽난로 안에 넣고

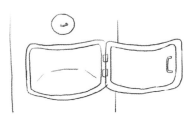

불을 지펴야 했다.

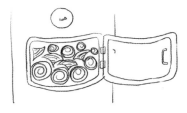

우리는 둘 다 토치램프를
능숙하게 다룰 줄 알았다.

불을 피울 땐
난로의 연통을 활짝 열고

토치램프를 켜서
불쏘시개에 불을 붙인 뒤

나무가 충분히 달궈지면

연통을 반쯤 닫았다.

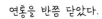

불 피우는 기술은
우리가 초등학교 때부터 배워온 것이었다.

불 잘 피우는 사람이
사랑도 잘해.

엄마는 항상 말했다.

벽난로에 불을 지피고 나면

엄마가 부엌에서 고구마를 씻어왔다.

난로 상단의 손잡이를 당기면

무언가를 구울 수 있는
공간이 있었다.

우리는 거기에
매일 고구마를 넣었다.

넣고서 조금만 기다리면
말도 안 되게 맛있는 냄새가 났다.

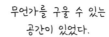

열어보면 고구마에서 황토색 단물이
지글지글 흘러나왔다.

우리가 좋아하는 건
밤고구마보다 호박고구마였고

매일 고구마를 굽다보니
박스에 쌓여 있는 수많은 고구마 중에서
무엇이 맛있는 것인지 단번에 고를 수 있는
안목이 생겼다.

난로에 구운 고구마를 먹으며
텔레비전을 보는 게
그 집에서의 저녁 일과였다.

133

혼자 있는 집

열여덟 살이 되자
엄마 없이도 잘살 수
있을 것 같은 기분이 들었다.

불도 잘 피웠고 밥도 잘했고
몸도 다 자랐기 때문이다.

그러던 중 갑자기 아빠와 엄마가
아프리카로 가게 되었다.

아빠는 평생 온갖 일을 하며 우리를 먹여 살렸는데
이때 아빠의 직업은 벽난로 설치공에서
산업잠수요원으로 바뀐 뒤였다.

깊은 바다 속에 들어가
각종 노가다를 하는 것이
일의 내용이었다.

아빠는 물속에서 담배 피우는 것 말고는
다 할 수 있는 사람이었지만
그 일은 생명수당을 받을 만큼
고되고 위험했다.

아빠는 왜 아프리카까지 가서
잠수를 해야 하는지
나에게 설명했다.

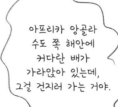
아프리카 앙골라
수도 쪽 해안에
커다란 배가
가라앉아 있는데,
그걸 건지러 가는 거야.

그것은 어렵고 위험해서
보수가 센 일 같았다.

언제
돌아오는데?

3개월 뒤.

엄마도 꼭 가야 해?

응··· 우리는 지금 같이 바짝 일해서 벌어야 하거든. 돈 나갈 곳이 너무 많아.

알았어. 잘 다녀와.

그런데 엄마 아빠가 떠나면 나는 학교까지 어떻게 왔다갔다하지?

우리집은 산중턱에 지어진 주택이어서 시내에 있는 학교에 가려면 차를 몰고 가야 했다. 걸어서 가기엔 아주 먼 거리였다.

아빠는 고민 끝에 나에게

스쿠터 한 대를 사주었다.

나는 스쿠터를 가지게 된 게
몹시 기뻐서

아빠 엄마가 어떤 모습으로
짐을 싸고 떠나는지
잘 쳐다보지도 않았다.

그러나 스쿠터를 몰고 다니려면
면허가 필요했다.

아빠가 사주고 간
원동기 면허시험 문제집을
십 분 정도 읽어본 뒤

운전면허 학원에 가서
안전교육을 듣고

필기시험을 봤다.

식은 죽 먹기였다.

초딩도
풀겠군.

다음 차례는 야외에 준비된 실기시험이었다.

원동기 면허 실기시험 장소

시험 코스는 다음과 같았는데

스쿠터를 사주던 날
아빠가 연습시켜주었기 때문에
자신 있었다.

그러나 시험장에 들어서자마자
너무나 긴장이 되었다.

무서운 언니 오빠들이 너무나 많았기 때문이다.

노는 언니 오빠들 무리를
이렇게 가까이에서 보는 건
처음인데⋯ ㅠㅠ

그들은 시험장
바로 옆에 있는 벤치에 앉아
시험 보는 사람들을
예의주시하며

환호를 날리거나

야유를 보내고 있었다.

나는 그들에게 웃음거리가 될까봐
너무 떨려서

시동도 못 걸었다.

재 뭐하냐.

픕···

찐따
같은 년···

오토바이 면허시험장에
무서운 청소년들이 득실댈 것을
전혀 예상하지 못한
내가 창피했다.

예상했다고 해도
데려올 만한 무서운 친구 하나 없는
내 인생이 조금 미웠다.

어디선가 삐— 삐— 소리가 들렸다.

탈락입니다.
퇴장하세요.

오토바이 면허시험에 떨어진 나는
허덜허덜 집으로 돌아와

아무도 없는 적막 속에서 벽난로에 불을 지폈다.

난로 속 불꽃을 보며
멍을 때렸다.

다시
시험을 보러
가야 하는
건가···

나는 경찰에게 무면허로 걸리는 것보다

시험장의 무서운 청소년들 앞에서
조롱을 당하는 것이 더 무서웠기 때문에

면허 없이 스쿠터를 타보기로 했다.

우리집은 온통 산과 논과 밭으로 둘러싸인
동네에 있었고

길이 포장되어 있지 않아
심하게 덜컹거린다는 점만 빼면
도시보다 운전하기 편한 장소였다.

무서운 청소년들이 있던 시험장에서와는 달리
능숙하게 시동을 걸었다.

나는 안정적으로 스쿠터를 몰기 시작했다.

그러다가

길에서 떨어져

논두렁에 처박혔다.

논두렁에서 기어나오니
내 몸은 온통 흙투성이였다.

더러워진 스쿠터를 몰고

산중턱에 있는
집에 돌아와서
가장 먼저 한 일은

스쿠터를 감쪽같이 닦는 일이었다.

논두렁에 처박혔던 것을
아무에게도 들키고 싶지
않았기 때문이다.

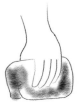

스쿠터에 묻어 있던
진흙과 비료를 모두 닦아낸 뒤

나도 샤워를 했다.

딱딱하게 눌어붙은
진흙을 씻는 도중

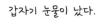

갑자기 눈물이 났다.

엄마···

부모가 집에 없다고 해서
늘 슬픈 것은 아니었다.

나는 집안에서 마음대로 지낼 수 있었다.

그들은 원래 나에게
별 제약은 하지 않는 사람들이었으니
딱히 새삼스러울 것은 없었지만 말이다.

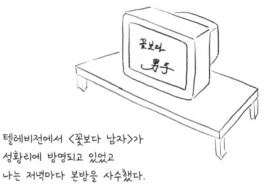

텔레비전에서 〈꽃보다 남자〉가
성황리에 방영되고 있었고
나는 저녁마다 본방을 사수했다.

엄마는 아프리카로 떠나기 전
냉장고에 먹을거리를 충분히 넣어두었지만
그것들을 꺼내서 데워 먹는 건
어쩐지 쓸쓸했기 때문에

나는 주로 편의점에서 군것질을 했다.

그러던 어느 날 편의점에서 파는
미니약과를 맛보게 되었는데

그날 이후로 미니약과
중독자가 되었다.

엄마 아빠가 없는 3개월 동안
매일 저녁마다 미니약과를
세 봉지씩 먹으며

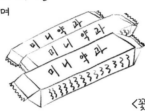

<꽃보다 남자>를
시청한 결과

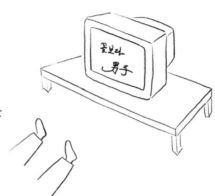

얼마 후 몸무게의 앞자리 숫자가 바뀌었다.

옷장에 있던 거의 모든 옷이
맞지 않게 되었고

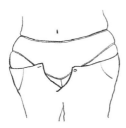

가끔씩 참을 수 없을 만큼
화가 났다.

그즈음

거울을 잘 보지 않았다.

어쩌다 보게 되면

꼭 눈물이 났다.

뚱뚱하고 못생겼잖아···

돌아온 엄빠

혹시 이런 게
우울증 아닐까···

라고 느낄 때쯤

엄마 아빠가 현관에 들어섰다.

엄빠의 얼굴은 어쩐지 많이
야위어 있어서

지난 세 달이

엄마···

그들에게도 어려운 시간이었다는 걸
알 수 있었다.

이제 엄마가 왔으니까 괜찮아.

나 살이 많이 쪘어.

나는 그 말을 믿을 수 없었다.

엄마는 짐을 풀자마자

다시 냉장고를 채우고

내게 집밥을 해서 먹였다.

엄마밥을 먹으며 우리는
지난 세 달간 밀린 대화를 나눴다.

엄마가 돌아온 후 얼마 지나지 않아

원래의 몸무게로 돌아가게 된 것은
신기한 일이었다.

엄마가 집을 비우면
몸의 균형을 잃을 만큼
나는 어렸던 것이다.

허벅지 사이

가끔 엄마 뱃속으로
돌아가고 싶을 때가 있다.

옛날에 엄마는 자신의 어깨 옆에
나를 재워놓곤 했는데

일어나보면
꼭 내가 없어져 있었다.

내가 늘 엄마의 허벅지 사이로
자리를 옮겼기 때문이다.

엄마의 허벅지 사이에 내가 폭 들어갈 만큼
작은 몸이었을 때가 가끔은 그립다.

지금은 내 고양이가 꼭
나의 허벅지 사이에서 잠든다.

이불, 알람

부부는 아직 이불 속에 있다. 잠이 너무 달아서 일어나기 싫은 거다. 이불을 벗어나면 춥겠지. 서둘러 씻고 옷 입고 부지런히 일하러 가야겠지. 너무 바빠서 어쩌면 밥 먹을 시간도 없을 거야. 어제만큼 고되겠지.

첫번째 알람이 울렸다가 꺼진다. 다음 알람은 오 분 뒤에 울릴 거다. 부부는 그동안 필사적으로 잠에 숨으려 눈을 붙인다. 그런데 눈을 한번 감았다가 뜨자 순식간에 다음 알람이 울린다. 시간이란 건 그 모양이다. 힘들게 눈을 뜨고 몸을 일으켜세워 알람을 끈 건 여자다. 옆엔 그녀의 남편이 찡그린 표정으로 잠들어 있다. 그는 언제나 인상을 잔뜩 쓰고 잔다. 그 얼굴이 너무 못생겨 보여서 여자는 웃음이 난다.

언젠가 그의 잠든 모습을 본 딸이 범죄자 같은 얼굴이라고 말한 적이 있다. 현상수배 포스터 가운데 붙어 있는 얼굴 같다는 딸의 말을 듣고 여자는 덧니를 드러내며 깔깔대었다. 그녀는 작은 손을 남자의 이마에 가져다대고 살살 문지르기 시작한다. 그럼 남자의 얼굴 근육이 이완되며 이마 주름이 펴진다. 그녀는 여느 아침처럼 남자의 몸을 이곳저곳 주무르기 시작한다. 여자의 손은 언제나 뜨겁다. 뜨거운 손길이 남자의 뭉친 근육을 시원하게 푼다. 남자는 잠 속에 머문 채로 음, 음, 하고 신음 소리를 낸다.

두 사람은 알몸인 채로 잠들었다가 알몸으로 일어난다. 안마하는 손에 힘이 들어갈 때마다 여자의 커다란 가슴이 흔들린다. 남자는 시간을 멈추고 싶다고 생각한다. 그때 여자가 중얼거린다.

"자기야, 나는 자기가 철학적인 줄 알고 결혼했거든?"

어깨를 안마하던 손은 이제 팔뚝으로 내려가고 있다. 남자는 잠을 깨려 노력한다. 그는 달걀 껍데기 같은 꿈의 껍데기를 톡톡 두드려 밖으로 나온 뒤 몽롱하게 묻는다.

"철학적인 게 뭔데……"

여자가 팔을 주무르며 대답한다.

"철학적인 건 그런 거잖아. 살면서 뭐가 정말 중요한 건지 자꾸 궁금해하는 거. 중요하다고 생각하는 걸 잊지 않는 거. 그래야 사는 맛이 있는 거잖아."

남자는 고등학교도 겨우 졸업한 이 여자가 아침부터 왜 이러지 싶어서 다시 잠을 향해 달려간다. 여자는 손을 옮겨 그의 허벅지를 강하게 주무른다. 그 손길 때문에 남자는 꿈나라로 가지 못하고 현실에 붙잡힌다.

"그런데 자기는 생각보다 질문이 없는 사람이더라. 무던하고 미지근해. 맨날 죽어라고 일만 하면서 돌아다니고. 집에 와선 티브이 보면서 맥주 한 캔이랑 포도 몇 알 먹고서는 바로 자잖아. 자기는 그 정도로 삶이 충분한가봐."

그 말을 들은 남자가 중얼거린다.

"그거면 됐지 뭐……"

남자의 피부는 물질이며 노가다를 너무 많이 해서 건조하다. 여자의 손은 막일을 하느라 일찍 늙었다. 그녀가 남편의 손을 주무르며 묻는다.

"이젠 나한테 멋진 말도 안 하고. 낭만은 다 어디 갔어, 자기야?"

남자는 안마가 너무 시원해서 다시 음, 음, 하고 신음 소리를 낸다. 이제 곧 세번째 알람이 울릴 것이다. 부부는 아직 이불 속에 있다.

그들이 세번째 알람을 끄고 눈을 뜨는 동안, 허리를 일으켜서 이불 밖을 벗어나는 동안, 옷을 빠르게 챙겨 입고 현관문을 열어 추운 바깥 세상으로 출근하는 동안, 그 옆에 있는 작은방에서는 어린 소년과 소녀가 아침잠을 누렸다. 소년 소녀의 방으로 여자가 남자를 "자기야" 하고 부르는 음성과 남자가 "음……" 하며 뒤척이는 소리가 조금 새어들어갔지만 잠을 깨울 만큼의 음량은 아니었다. 소년 소녀는 부모가 같이 잠들었다가 같이 일어나는 모습에 대해 잘 알고 있었다. 그들은 소년 소녀가 가장 많이 본 남녀였다.

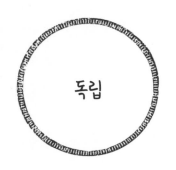

독립

엄마의 키를 추월한 것은
열여덟 살 때이다.

그때부터 독립이 하고 싶었다.

그들은 간섭하는 부모가 아니었지만

부모가 사는 집에는
남자친구를 데려올 수 없었다.

사실 데려올 수는 있었지만 자고 갈 수는 없었다.

연애 때문에 나는
내 공간이 절실해졌다.

모텔에 갈 수도 있었지만

sex···

모텔방 안에 있는 어떤 것도
내 것이 아니라서 아쉬웠다.

스무 살 무렵의 남자애들은
나처럼 자기집이 없었고

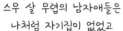

대부분 옷 미더웠다.

그러나 그들의 몸은
언제나 흥미로웠으므로

언제 커서
월셋집이라도
구할까.

혼자 살 집의 보증금을
부지런히 모으기로 다짐했다.

내가 먼저
거처를 마련하는 게
빠르겠어.

내 돈벌이의 역사는
그렇게 시작된다.

열아홉 살에 대학 합격 통보를 받자마자
나는 카페 알바생이 되었다.

어느 동네에나 카페들이
우후죽순처럼
생겨나고 있었기 때문에
알바 자리를 구하는 건
어렵지 않았다.

2010년 겨울이었고 시급은 4천 원이었으며
카페들은 계속해서 늘어났고

세상엔 나 말고도
카페 알바생이
많고 많았다.

많은 사람들이
카페에서 일할 수 있었으므로

내 일자리는 금방
누군가로 대체될 수 있었다.

그래서 시급이 그토록 싼 것일지도 몰랐다.

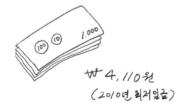

₩4,110원
(2010년 최저임금)

경제적 독립을 하고
다달이 월세를 내려면
나는 조금 더 벌어야 했다.

돈을 더 벌려면
시간을 그만큼
더 쏟아야 했는데

시간이 줄어드는 것은
돈이 없는 것보다
더 불행한 일이기도 했다.

부자는 결국
시간을 맘대로
쓸 수 있는 사람을
말하는 거 아닐까?

나는 시간 대비
고수익 일자리에 대해
궁리하기 시작했다.

감사합니다!
안녕히 가세요!

어떤 일을 해야
시간 대비 고수익일까?

164

그것은 아마도
나 아닌 다른 사람으로
쉽게 대체될 수 없는 일이어야 했다.

흔하게 하지 않는 일.
이를테면 전문지식이
필요한 일이라거나

엄청나게 복잡한 일이라거나

엄청나게 위험하고 고된 일이라거나

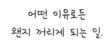

어떤 이유로든
왠지 꺼리게 되는 일.

이를테면
옷을 벗는 일이라든지···

165

누드모델

옷을 벗어서
돈을 벌면 어떨까?

에곤 실레의 그림들이
가장 먼저 떠올랐다.

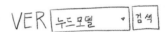

VER [누드모델 ▾] [검색]

나는 누드모델이라는 직업에 대해
알아보기 시작했다.

화실이나 미대의 강의실 등에서
미술 모델로 서면서

정해진 시간 동안 포즈를 취하고
시급을 받는 일이었다.

크로키 모델, 조소 모델,
사진 모델, 조각 모델 등 모델로
설 수 있는 분야는 다양했다.

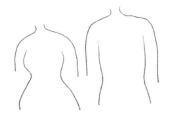

찾아보니 누드모델협회라는 곳이 몇 군데 있었고
그곳에 입회하면 일을 받게 되는 듯했다.
시급은 대략 3만 원에서 5만 원 사이였다.

그것은 아주 큰 금액인 것처럼
느껴졌다.

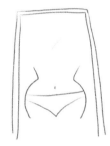

방에서 옷을 벗고 내 몸을 보았다.

곡선이 심했다.

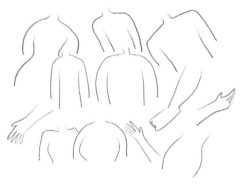

누드모델협회에 전화를 걸어
이런저런 것들을 물어보았다.

협회의 회장님은 어떤 몸이든
체형과 체중에 상관없이 무대에 설 수 있다고 말했다.
저마다 다른 아름다움을 가지고 있다고도 덧붙였다.

167

전화를 끊고
누드모델 일을 하기로 결심한 뒤

부모에게 알릴지 말지를 고민했다.

그들은 내가 무슨 일을 하든
반대하지 않았지만

여러 사람 앞에서 옷을 벗는 일에 대해서는
뭐라고 할지 알 수 없었다.

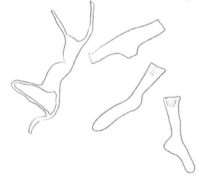

하지만 속이는 것은
역시 피곤해.

엄마. 아빠.

음...

무대에 서기 전에 걸치는 가운이 필요해.

엄마는 자신의
구제 옷가게로 가서

거기에 있는 옷 중
가장 고급스러운
코트를 가져왔다.

알몸이 되기 전에
네가 걸치고 있는 옷이
최대한
고급스러웠으면 해.

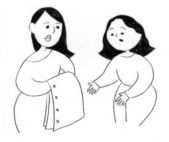

갑자기 이 일을
잘할 수 있을 것 같은 기분이 들었다.

170

얼마 후에

엄마가 준 옷을 입고

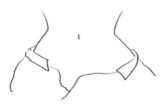

처음으로

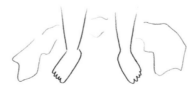

누드모델 무대에 섰다.

알몸인 채로 무대 위에서
사람들의 시선을 느끼는 동안

무척이나 홀가분한 기분이 되었다.

나는 잠시 나의 엄마를 생각했다.

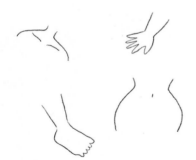

엄마가 내게 준 것들
손과 발과 어깨와 배꼽과

눈썹과 눈코입과 머리카락 같은 것.

나를 이루는 모든 게
엄마를 거쳐서 왔다는 걸 생각하다가  어쩐지 힘이 났다.

172

가운을 입고
무대에서 내려오는 길에

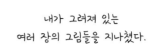

내가 그려져 있는
여러 장의 그림들을 지나쳤다.

첫번째 일을 마친 뒤

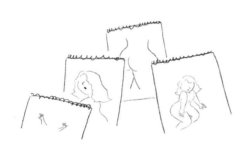

사람들은 내 모습을
모두 다르게 그려놓았는데

얼굴도 어깨도 허리도 엉덩이도 허벅지도
선에 각이 없다는 점이 비슷했다.

그것들은 나와 비슷하기도 했지만
그린 사람의 모습과 절묘하게 닮아 있기도 했다.

정말 흥미로운 광경이었다.

옷과 무대

1998년 샛별 유치원 재롱잔치에서 나는 〈오즈의 마법사〉 노래에 맞춰 춤을 췄다. 노란색 쫄쫄이 상의에 하얀색 레이스 치마를 입고 아래엔 타이츠를 신고 머리엔 연두색 고깔모자를 썼다. 처음 발라본 빨간 루주의 맛이 낯설고 불쾌해서 입술을 위아래로 어색하게 벌리고 있던 게 생각난다.

그나저나 재롱잔치라는 말은 좀 우스운 것 같다. 재롱잔치라니……

아무튼 그 잔치에서 춤을 추기 위해 네 명의 여자애들이랑 나란히 무대에 올랐다. 나의 할머니, 할아버지, 엄마, 아빠, 남동생, 작은엄마, 작은아빠, 삼촌을 포함해 몇십 명이나 되는 관객들이 객석에 있었다.

그 무렵엔 사람들이 나를 쳐다보기만 하면 몸을 배배 꼬며 고개를 아래로 떨구곤 했다. 주목받는 게 너무 어려웠기 때문이다. 내가 감당할 수 있는 관심은 엄마의 사랑 정도였다. 유치원에서 발표를 해야 할 때면 아주 곤란했다. 매번 떨렸고 떠는 내가 싫어서 더 떨렸다. 마이크를 건네받으니 차라리 죽는 게 나을 수도 있다고 믿을 정도였다. 즉흥성은 내게 결여된 기질인 듯했다. 재롱잔치의 춤은 몇 주 전부터 반복해서 연습한 안무라서 덜 떨릴 것도 같았다.

의상 때문에 그나마 출 수 있었다.

옷과 모자와 화장 뒤로 숨는 느낌이었다.

일종의 분장이었기 때문에.

무대에 오르자 익숙한 반주와 노래가 흘러나왔다. 친구들처럼 나도 외워놓은 춤을 추었다. 객석에서 웃고 있는 가족들의 얼굴이 보였다. 긴장됐지만 동작을 계속했다. 그때 턱 쪽에서 '탁' 하고 뭔가가 끊어지는 소리가 들렸다. 연두색 고깔모자가 내 발치로 턱 떨어졌다. 얼굴에 모자를 고정해주던 고무줄이 끊어져버린 것이었다.

내 이마와 정수리와 머리통 전체가 훤히 드러났고 갑자기 모든 사고가 정지했다. 난데없이 대머리가 된 기분이 들었다. 나는 그 자리에 딱딱하게 굳은 채로 멈췄다. 음악은 계속 흘렀고 옆에 있던 여자애들은 율동을 계속했지만 나는 기둥처럼 서 있었다. 옆에서 해님반 선생님이 "슬아야~ 그냥 해. 그냥 계속해!"라고 외쳤다. 객석의 가족들이 애타는 표정으로 나를 바라보았다.

1절이 지나가고 2절이 지나가고 노래가 다 끝날 때까지, 그래서 사람들이 박수를 칠 때까지 같은 자세로 무대에 서 있었다. 애들이 퇴장할 때쯤 겨우 정신을 차리고 무대에서 내려왔다.

그 기억은 꽤 오랫동안 나를 숨고 싶게 만들었다. 모자 하나 떨어졌다고 모든 동작을 멈추고 그대로 서 있을 필요는 없다고 선생님은 알려주었지만, 내 세계에서 모자가 떨어지는 일은 일어나선 안 되는 재난이었다.

이후 초중고등학교에서 크고 작은 무대를 거치며 나는 임기응변이라는 것을 느리게 체화했다.

재롱잔치 때 내가 움직일 수 없었던 이유는 온 세상에 내 실수를 들킨 것 같아서였다.

그러나 자라면서 중요한 사실을 알게 된다.

온 세상은 내게 딱히 관심이 없다는 것을.

내게 관심을 보이는 사람과 동물과 장소 등은 사실 아주 적었다. 세상의 극히 일부여서 오히려 외로울 지경이었다.

재롱잔치의 그 무대로부터 13년 뒤 나는 누드모델로 데뷔한다.

첫번째 이유는 시간을 벌고 싶어서였다. 스무 살에 선택할 수 있었던 몇 안 되는 직종 중 시간 대비 가장 높은 수익을 가져다주는 일이어서다.

두번째 이유는 내 몸에 용기를 주고 싶어서였다. 체형과 체중에 상관없이 시간 약속을 잘 지키기만 한다면 누구나 누드모델로 일할 수 있었다. 수없이 그려지다보면 내 몸을 오랫동안 미워한 역사와 무사히 작별할 수 있을지도 몰랐다.

누드모델이 되는 것은 간단한 일이었다. 한국누드모델협회에 찾아가 면접을 보고 통과되면 잠깐의 교육 기간을 거친다. 첫 크로키 무대 데뷔날로부터 누드모델 생활이 시작됐다.

협회의 모델로 소속되어 2011년부터 2014년까지 3년을 일했다. 전국을 돌아다니며 각종 화실과 미술학원과 게임회사와 문화센터에서 옷을 벗고 많은 이들에게 그려졌다.

그때부터 쭉 쓰리잡3 job 체제로 인생이 굴러갔다. 20대 초반엔 대학을 다니며 잡지사 막내기자와 글쓰기 수업 조교와 누드모델 일을 했고, 20대 중반부터는 글 작가와 만화가 그리고 글쓰기 수업 교사 일을 병행했다.

옷을 벗고 무대에 올랐던 시간보다 먼저 떠오르는 건 버스나 전철이나 택시나 고속버스나 기차를 타고 출퇴근했던 시간이다. 누드모델을 필요로 하는 공간은 전국 각지에 있고 협회에서는 일을 랜덤으로 주기 때문에 서울 경기권뿐 아니라 지방에 갈 일도 많았다. 모델용 가운과 타이머를 가방에 챙기고 터미널에서 버스를 타면 사람과 차와 건물들로 빽빽했던 창밖 풍경이 점점 듬성듬성해졌다. 좌석에 푹 기댄 채 도착해서 일할 때 배경으로 틀어놓을 음악을 선곡해두곤 했다. 맨몸을 우습거나 초라하게 만들지 않는 소리들을 구별하게 되었다. 약속 장소에 한 시간쯤 일찍 도착해서 무대의 세팅을 살피고 충분히 스트레칭을 하고 담배를 피웠다. 시간 약속을 철저히 지키는 게 너무도 중요했다. 모든 일이 그렇지만 말이다.

화실과 입시학원에서는 주로 크로키 모델로 섰다. 그리는 호흡이 빠르므로 일 분, 삼 분, 오 분마다 포즈를 바꿨다. 입상과 좌상과 와상 자세를 골고루 취해가며 멈춰 있었다.

유화 모델로 서면 네 시간 동안 같은 포즈로 멈춰 있어야 했다. 삼십 분마다 오 분씩 쉬었지만 어쨌든 몸의 코어에 내내 힘이 들어갔다. 그림 모델로 서면서 내 몸엔 전에 없던 근육들이 붙었다.

입을 다물고 잘 멈춰 있는 건 생각보다 적성에 잘 맞았다. 나를 향한 촘촘한 시선과 묵직한 공기에 둘러싸이는 시간이었다. 언어를 잠시 잊는 것 같았다. 내가 공부하던 문장과 단어들이 멀리 흐릿해졌다가 퇴근길에 다시 생생하게 돌아왔다.

조소 모델로 일하는 날에는 내 온몸에 석고를 붙여 본을 뜨기도 했

178

다. 네다섯 명의 작업자가 달라붙어 구석구석 빠짐없이 석고천을 발랐다. 차갑고 말랑한 석고천이 뜨겁고 딱딱하게 굳어가는 동안 나는 머리를 질끈 묶은 채로 눕거나 엎드려서 가만히 있었다. 그렇게 내 알몸을 본떠 만든 조소상이 인천 어느 공원에 세워졌다는데 안 가봐서 실제로 본 적은 없다.

커다란 게임회사의 캐릭터 디자인 부서에 들어가 누드모델로 서기로 했다. 그 무대에 가면 각종 총과 검과 활과 창 등의 소품이 놓여 있었다. 처음 갔을 땐 그러한 무기 소품을 어떻게 써야 할지 몰라 당황스러웠다. 유년기 이후로 전투적이거나 역동적인 몸짓을 해본 적이 없어서다. 거듭 무대에 오르면서 소품도 차츰 손에 익었다. 내 몸이 감당하지 못할 롱소드long sword나 장총 같은 무기는 굳이 안 집어도 된단 것도 알게 되었다.

한번은 예술의전당에서 어떤 오페라 공연의 모델로 섰다. 이탈리아 감독이 총연출을 맡은 대형극이었는데 난 그곳에서 인디언 분장을 하고 걸어다니거나 뛰어다니는 단역이었다. 대사는 없고 몸짓만 있었다. 가발을 쓰고 진한 화장을 했지만 몸에는 실오라기 하나 걸치지 않았다.

예술의전당 무대는 살면서 올라본 무대 중 가장 커다랗고 웅장했다. 무대도 대단했지만 관계자가 아니라면 들어가볼 수 없는 대기실과 분장실과 비밀 통로와 지하 계단과 흡연실의 구조가 몹시 재밌었다. 너무 넓고 복잡해서 쉬는 시간마다 산책해도 매번 새로운 공간을 찾아낼 수 있었다. 감독을 맡은 이탈리안 중년 남자가 틈만 나면 내 볼에 입을 맞추고 허리와 엉덩이를 만졌기 때문에 나는 평안을 찾아 재빨리 무대 뒤 복도로 사라지곤 했다.

그렇게 큰 무대에 오르는 게 조금도 떨리지 않았던 가장 큰 이유는 대사가 없어서였다. 또다른 이유는 맨몸이어서였다. 모르는 외국 배우들 사이를 헐벗고 걸어다니는 건 좀 신나고 홀가분했다. 아무것도 안 입어서 오히려 분장 같고 거짓말 같았다.

15년 전 재롱잔치 땐 모자의 고무줄이 떨어진 것만으로도 얼음처럼 굳었는데. 그사이 내 몸엔 무슨 일이 벌어진 것일까. 아직은 내 힘으로 해석할 수 없었다.

모델 일을 그만둔 지 한참 지난 어느 날, 복희네 집에서 만화를 마감하던 중이었다. 안방에서 텔레비전을 보던 복희가 소리쳤다.

"슬아야, 테레비에 너 나와!"

말도 안 된다고 생각하며 안방으로 들어가봤다.

정말이었다.

텔레비전에 내가 나오고 있었다.

화면 속에서 벌거벗은 내가 맨몸으로 춤추고 걷고 뛰었다. 곱슬머리

가발을 쓰고 인디언 분장을 한 채 고풍스러운 계단을 오르내리거나 나무탁자 위에 걸터앉는 등의 동작을 했다. 3년 전 예술의전당 오페라극의 녹화본이었다.

"저땐 엉덩이가 엄청 컸네"라고 복희가 말했다.
"지금도 만만치 않아"라고 내가 말했다.
"하지만 저땐 더 풍만했어."
"그건 그래."
"기분이 이상하다."
"그러게. 이상하네……"
더욱 이상했던 건 나의 음부가 블러 처리된 점이었다. 활발히 움직이는 역할이었기 때문에 나를 따라 뿌연 모자이크도 부지런히 돌아다녔는데 그렇게 필사적으로 가리니까 뭔가 더 수상해 보였다.

그치만 맨날 봐온 내 몸이라 딱히 큰 감흥은 없었다. 복희는 빨래를 개기 시작했고 나는 작업하던 만화를 마저 마감했다.
내 만화 원고에는 여느 때처럼 날 닮은 애가 등장해 말하고 듣고 쓰고 있었다. 내가 가장 잘 그릴 수 있는 것은 나였다.
나 빼고는 죄다 못 그린다는 말이기도 하다.
남을 쓰고 그리는 일은 언제나 어려웠다. 나는 나만 아니까. 남은 모르니까. 타인에 관해서 쓰는 건 자주 실패로 끝났다. 다른 사람이 되어 보려 시도하고 썼던 대사와 문장들은 꼭 어설펐다. 어설프지 않으려면 아주 주의깊어야 하고 부지런해야 했으나 나는 남에 대해 쓰는 일에 성급하고 게을렀다. 내가 얼마나 나밖에 모르는 사람인지 독자들에게 뽀록나며 창피를 당했다. 매 문장에서 밑천을 들켜버린다니 글쓰기란 지독하게 두려운 일 같았다.

두렵기 때문에 우선 나에 관해 쓰곤 했다. 그것 역시 어려웠다. 사실 나도 나를 잘 몰랐기 때문이다.

나란 사람의 구성은 가족과 사회와 정치와 국가와 환경과 과학과 시대의 맥락 속에서 해석되어야 했다. 세상 속 나의 좌표를 알려면 우선 세상을 이해해야 하는데 그건 평생 계속해야 하는 공부였다. 세계에 대한 알량한 이해를 바탕으로 자기 얘길 쓴 게 내 글쓰기의 출발이다. 이해가 넓어지고 깊어지려면 아직 멀었다는 점에서 지금도 비슷하다.

나에 대한 글을 쓰려고 하면 자동으로 하품만 나오기 시작할 때쯤부터 남에 대해 겨우 쓰기 시작했다. 내가 주인공인 글이 몹시 지겨워졌기 때문이다. 사랑하는 남들에게서 발견한 나만 알기 아까운 이야기들을 잘 전하고 싶어졌다. 그러려면 우선 잘 묻고 잘 들어야 할 것 같았다. 언제부턴가 나는 풍성한 질문을 가진 사람이었다. 타인에게서 들은 대답을 언젠가 잘 옮기기 위해 아주 많은 메모를 했다.

하지만 진실들은 질문만으로 알아지는 게 아니었다.

공들여 질문을 준비하고 묻고 듣고 글로 옮겨도, 전해지지 않는 것들이 대부분이었다. 나는 그게 내 몸의 무능함이 아닐지 의심했다. 내 눈과 내 귀와 내 목소리와 내 동작의 한계 같았다. 다른 몸이라면 같은 이야기도 다른 식으로 해석했을 테다.

내 필터링을 거친 이야기들이 지겹고 미울 때마다 나는 말을 참고 사람들 사이에 알몸으로 서 있던 때를 생각한다.

가운을 벗고 무대에 오르면 여러 사람이 둘러앉아 몇 시간 동안 내 알몸을 그렸다. 연필이 종이에 닿는 소리를 들으며 시선 속에서 멈춰 있는 동안엔 아무런 이야기도 생각하지 않았다.

다시 옷을 입고 무대에서 내려오는 길에는 나를 둘러싼 그림들을 무심히 바라보았다. 나를 그려놓은 그림들이었는데 어쩐지 모두 그들 자신을 조금씩 닮아 있었다.

허리가 긴 사람은 내 허리를 실제보다 더 길게 그려놓았고, 입술이 두꺼운 사람은 내 작은 입술을 실제보다 더 도톰하게 그려놓았다. 코가 높은 사람이 그린 나의 코는 실제보다 오뚝하였고 미간이 좁은 사람이 그린 나의 미간은 실제보다 좁았다.

누구나 남을 자기로밖에 통과시키지 못한다는 점을 두 눈으로 확인했을 때 나는 조금 위안이 되었던가, 아니 조금 슬펐던가.

그런 그림들을 3년 동안 구경하자 나는 내 알몸만은 정말로 잘 그리게 되었다. 그건 객관이라고 부를 수도 있을 것 같았다. 내가 확보한 몇 안 되는 진실이었다.

스모커

누드모델 일을 시작하면서

본격적으로 흡연자가 되었다.

서울에 있는 화실과
지방에 있는 미대 강의실 등
전국을 돌며 일을 다녔는데

일터에 도착해서
가운으로 갈아입고

무대에 서길 기다리는 동안엔

언제나 조금씩 긴장이 되었다.

그럴 때마다
담배를 피우러 나갔다.

담배는 긴장을 푸는 데
탁월한 효과가 있었다.

엄마는 비흡연자였고

아빠는 흡연자였다.

하루에 꼬박꼬박 두 갑을 태우는

헤비 스모커였다.

남동생과 나는 스무 살 무렵부터
담배를 피우기 시작했는데

종종 아빠와 셋이 함께
맞담배를 피우기도 했다.
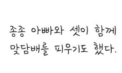

...

엄마는 걱정스러운 표정이었지만
말리지는 않았다.

잡지사

대학 생활을 시작할 무렵

어느 문화예술잡지의
막내기자 모집 공고를 발견했다.

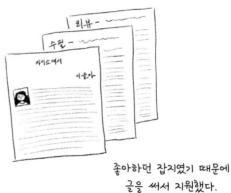

좋아하던 잡지였기 때문에
글을 써서 지원했다.

/차 서류 합격자 명단

○○○
○○○
아늘아
○○○
○○○

서류전형 합격자 명단에 내 이름이 있었다.

뭐 입지.

면접날이 다가왔다.

나는 평소에 즐겨입던 원피스를 입었다.

잡지사의 사무실은
강남구 신사동에 있었다.

엘리베이터 버튼을
누를 때

조금 두근거렸다.

면접 어떻게 하는지
하나도 모르는데···

엘리베이터 문이 열렸고

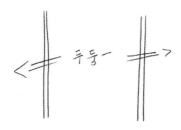

여러 명의 사람들이 테이블에 둘러앉아
면접을 대기하고 있었다.

뭔가를 달달 외우는 사람도 있었는데

나는 뭘 외워야 할지 몰라서 긴장이 되었다.

이후 잡지의 수장처럼 보이는
몇 명의 어른들이 등장

했는데 죄다 어쩐지 매우 특이하고
수상해 보였다.

춤추러 왔니?

아뇨··· 그게

평소에도 이렇게 입는데요···

그중 한 명의 어른이 내게 물었다.

춤을 좋아하기는 했다.

좀더 정장스러운 옷을 입고 오지 않은 게 무척 후회되었다.

하지만 그분들의 차림새도

정장과는 거리가 멀어 보였다.

춤추러 왔냐고 물어보신 것은 어쩌면 비난이 아닐지도 몰라···!

그냥 정말 궁금해서 물어보신 것일 수도 있어!

그렇게 되뇌던 와중에
그룹 면접이 시작되었는데

넌 여기
춤추러 왔니?

그 질문을 자꾸 생각하느라

안녕하세요···
스무 살 이슬아고요.
글쓰기를 좋아합니다···
춤추기도 좋아하고요···
네···

이후에 내가 무슨 말을 했는지는
기억이 나질 않는다.

일주일 뒤 나는 떨리는 마음으로

공거 PAPER 대학생리포터
최종합격자 발표

합격자 명단을 확인했다.

최종합격자
이슬아
임슬기

나는 큰 소리로 엄마를 불렀다.

엄마~!

좋은 일이 있을 때
엄마에게 가장 먼저 알리는 게
습관이 되었기 때문이다.

엄마는 꼭 왜를
왜라고 하지 않고

길게 늘려 말하곤 했다.

궁금한 정도에 따라
왜는 한없이 길어질 수도 있었다.

열일하는 나날

잡지사 일만으로는
생활비를 벌 수 없었기 때문에

누드모델 일도
병행해야 했다.

오전엔 대학에 다녔고

오후엔 잡지사에 출근해서
작은 원고를 쓰거나

인터뷰를 하러
서울의 여러 장소들을 돌아다녔다.

일이 없는 저녁 시간이나 주말에는
누드모델용 짐을 챙긴 뒤

가운, 타이머,
세면도구,
화장도구 등

여러 무대에 섰다.

정말이지 전국을 돌아다니며
옷을 벗었고

집에 돌아오는 버스에선
세상모르고 잤다.

잡지사 일과
누드모델 일에 비하면

대학 생활은
너무나 쉽게 느껴졌다.

196

내가 그렇게 지내는 동안

엄마 역시 발에 땀이 나게 일했다.

그즈음 그녀는 많은 직업을 거쳐

구제 옷가게를 차린 뒤였다.

가게는 수많은 구제 옷들로 가득했다.

엄마는 줄리아 로버츠와 휴 그랜트가 주연으로 나온
영화 〈노팅힐〉을 좋아했다.

노팅힐은 골동품과 벼룩시장으로 유명한
런던 어느 동네의 지명이기도 했다.

엄마는 그 이름을 간판에 걸고
구제 옷 장사를 했다.

많은 사람들이 엄마의 가게를 찾았다.

그들은 엄마가 가져온 옷들을 구경했고

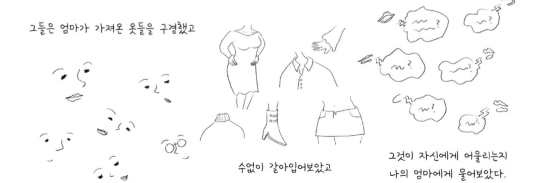

수없이 갈아입어보았고

그것이 자신에게 어울리는지
나의 엄마에게 물어보았다.

그럼 엄마는 열심히 대답했다.

사람들은 엄마와
이야기하는 것을 좋아했다.

그들은 옷이랑 전혀 상관없는 것들도
엄마에게 말했다.

엄마는 그것 또한
열심히 들었다.

사람들은 가끔 옷 때문이 아니라
엄마 때문에 가게에 오는 것 같았다.

노 팅 힐

엄마는 많은 옷과
많은 말에 둘러싸인 채
매일을 보냈다.

어떤 날에는 아무도
엄마의 가게를 찾지 않았다.

그런 날에 엄마는
카운터에 한참을 앉아 있다가

내게 전화를 걸곤 했다.

데이트중일 때면
나는 절대로 전화를 받지 않았고

혼자 있을 때면 전화를 받았다.

응 엄마.
왜?

엄마를 생각할 때마다 나는

사랑이 망각의 동물이라는 사실이

조금 다행스럽게 느껴졌다.

그 모든 얘길 생생히 기억한다면

엄마는 병이 날 게 분명했다.

새 옷만을 만지는
일반 옷 장사에 비해

구제 옷 장사는 훨씬 더
험한 구석이 많았다.

버려지는 옷들은 세상에 아주 많았고

몇백 톤의 버려진 옷들을 처리하는
여러 가지 시스템이 있었는데

엄마의 일은 그중 일부였다.

엄마는 아주 커다란
중고 더미들 속에서

좋은 옷들을 찾아내
사입해온 뒤

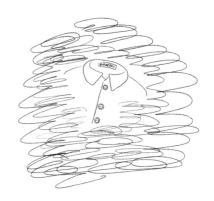

손질하여

새 상품의 10분의 1도 안 되는
가격에 팔았다.

2010
2011
2012
2013
2014
2015
2016
그 일을 8년간 반복하자   2017

손이 망가지고

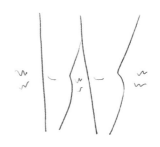

무릎이 망가졌다.

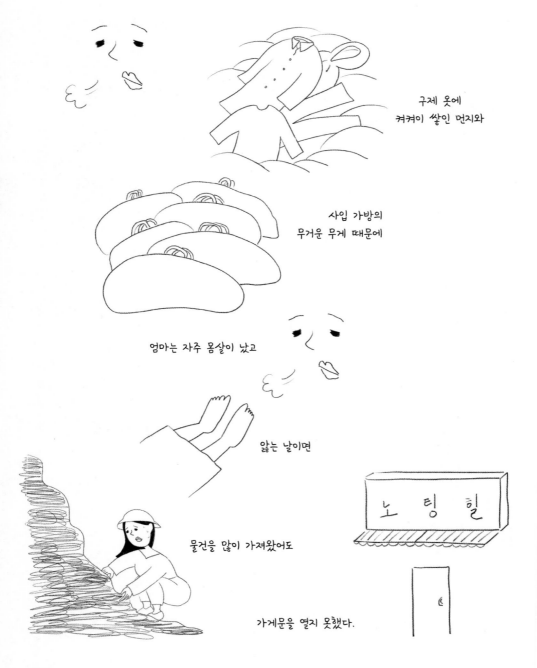

구제 옷에
켜켜이 쌓인 먼지와

사입 가방의
무거운 무게 때문에

엄마는 자주 몸살이 났고

앓는 날이면

노 팅 힐

물건을 많이 가져왔어도

가게문을 열지 못했다.

서울에서 지내던 나는
가끔씩 생각이 나면
엄마에게 전화를 걸었다.

엄마는 가게문을
열지 못한 채로 앓다가

선잠에서 깬 목소리로
전화를 받았다.

응.

그 목소리를 듣자 엄마가 덮고 있을
이불이 생각났다.
그 이불에 묻은 커피 자국도 생각났고

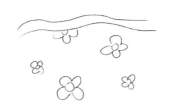
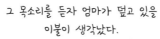

엄마의 배꼽 아래에 생긴
주름들이랑

엄마 발가락에 난
얇은 털도 생각났다.

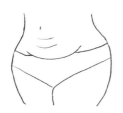

그리고 엄마를 앓게 만들었을
일들을 생각했다.

그런 걸 생각할 때마다 나는 꼭 돈이 아주 많아지고 싶었다.

내가 돈이 많아지면 엄마에게
가장 주고 싶은 것은 시간이었다.

나는 유능해지고 싶어서
맘이 급해졌다.

일을 멈춰도 되는 시간을
엄마에게 선물하고 싶었기 때문이다.

엄마 나이는 내 나이의
딱 두 배였고

내 나이는 엄마가 나를 낳았던 나이와 같았다.

지금보다 더 나이든 엄마를 생각하면 꼭 슬퍼졌다.

나는 아무리 자라도 엄마 없이는 못살 것 같았다.

닮게 된 얼굴

    1990년대 말 엄마의 화장대 거울엔 사진 한 장이 붙어 있었다. 모서리에 스카치테이프를 무척 조심스러운 모양으로 붙인 걸 보면 엄마는 그 사진을 아끼는 것 같았다. 나는 다섯 살이었고 화장대보다 키가 작았으며 사진 속 여자를 알지 못했다. 엄마는 닮고 싶은 사람의 얼굴을 자주 바라보면 자기도 모르는 사이 점점 닮게 된다고 말했다.

    밥을 하고 설거지를 하고 방을 닦고 동생과 나를 씻기고 재우다가 안방에 들어와 잠깐 거울 앞에 설 때면 엄마는 사진과 자기 얼굴을 번갈아 바라보았다. 사진 속 여자의 표정을 지어보기도 했다. 아무것도 모르는 것 같기도 하고 사실은 다 아는 것 같기도 한 그 표정. 당신 없어도 아무 상관 없다고 말하는 것 같기도 하고 당신 없인 안 된다고 말하는 것 같기도 한 바로 그 표정.

어린 나는 안방에 깔린 이불에 누워 엄마가 그러고 있는 뒷모습을 매일 보았다. 옆에선 한 살 어린 남동생이 레고 블록을 조립했는데 그는 엄마가 거울 보는 모습엔 관심이 없었다. 아주 찰나였지만 엄마가 사진 속 여자와 조금 닮아 보이던 순간도 있었다. 그녀가 소피 마르소라는 걸 알게 된 것은 몇 년 뒤의 일이다. 소피 마르소가 지었던 표정을 따라해보던 엄마는 지금의 나와 비슷한 나이였다. 엄마의 허리는 24인치였고 티셔츠와 하이웨이스트 청바지를 즐겨입었다. 내가 아는 어른들은 모두 엄마를 미인이라고 말했는데 나의 이목구비는 아빠를 쏙 닮았고 여배우의 표정 같은 건 따라해본 적이 없었다.

그러나 엄마가 울 때면 나는 곧바로 엄마와 비슷한 얼굴이 되었다. 엄마가 닭갈빗집에서 하루종일 서빙일을 하고 돌아온 10년 전 어느 날 밤에도 그랬다. 부엌 식탁에 앉아 빨간 코를 하고 뜨거운 눈물을 주르륵 흘리는 엄마 얼굴을 보자마자 내 목젖이 시큰거렸다. 이유도 모르는 채 따라 울면서 엄마 몸을 보았다. 엄마는 예전보다 덜 날씬했다. 통통해도 예뻤지만 고단해서 찌게 된 살 같아서 나는 서글펐다.

남동생은 그런 모녀 옆을 심드렁하게 지나쳤다. 그 무렵 그는 열네 살이었고 자기 방에서 잘 나오지 않았다. 이런 날에도 위로 한마디 안 건네는 그가 미웠다. 열다섯 살의 나는 사명감을 가지고 아름다운 엄마를 위로했다. 집을 채우는 건 여자들의 목소리뿐이었다. 엄마가 눈물을 추스른 뒤 방에 들어가려고 할 때쯤 동생이 방에서 나오더니 말했다. "목욕물 받아놨어."

그리고 그는 다시 방에 들어갔다. 우리집엔 욕조가 없었다. 그래서 김장할 때 쓰던 고동색 대야에 물을 받은 뒤 몸을 담그곤 했던 것이다. 내가 조잘조잘 떠드는 동안 창고에서 대야를 꺼내와 따뜻한 물로 채웠을 동생이 있었고, 엄마를 아끼는 건 나뿐인 줄로만 알았던 나는 조금 민망해졌다. 그날 엄마는 오래 목욕을 했다.

시간이 흘러 엄마가 쉰 살이 된 봄이었다. 오랜만에 엄마에게 전화해서 보고 싶다고 말했다. 그러자 전화기 너머에서 엄마가 훌쩍이는 소리가 들렸다. 몸살을 앓는 것 같은 목소리였다. 엄마가 너무 많은 일을 하는 걸 알아서 마음이 아팠다. 나는 전화를 끊고 동생에게 전화해 속상하다고 말하며 훌쩍였다. 동생은 뭐 그런 일로 질질 짜냐는 식으로 심드렁해하며 말했다. "돈 많이 벌자. 그럼 많은 게 괜찮아져."

나는 너무 단순한 대답을 하는 동생이 미웠다. 하지만 그의 말이 맞았다. 나는 돈을 많이 벌면 엄마에게 무엇을 주고 싶은지 생각했다. 가장 주고 싶은 것은 시간이었다. 쉴 시간이 조금 더 생긴다면 엄마는 산책을 자주 하며 지낼 수 있을 것이다. 어쩌면 더 천천히 늙게 될지도 모른다.

나는 엄마가 소피 마르소 사진을 자주 바라보던 때가 못 견디게 그리워졌다. 그때 엄마는 최대한의 자신을 꿈꿀 힘이 있는 것처럼 보였

다. 엄마가 될 수 있었던 어떤 자신, 그 무수한 가능성들이 다 아까워서
서글펐다.

문학상

별수없이
각자의 돈벌이는 계속되었다.

어서
오세요~

대학생과 잡지사 막내기자와
누드모델을 병행하는 동안
나는 틈틈이 글을 썼다.

주로 누드모델 일의
디테일에 관한
수필들이었다.

서럽고 고단했던 순간도
글을 쓰는 동안에는
모두 밑천이 되는 것 같아
든든한 기분이 들었다.

어느 날엔
대학 도서관에서
주간지를 읽다가

문학상 공모 글을 보았다.

마감이 코앞이었지만 그간 써온 글들을 모으고 편집하면
원고지 80매 분량으로 정리할 수 있을 것 같았다.

타닥

타닥

상인들

태어나보니 주변엔 온통 상인들뿐이었습니다.

　자동차 부품을 파는 골목에서 태어나 열 살까지 자랐습니다. 그곳은 답십리였고, 저의 첫번째 장래희망은 건물 주인이 되는 거였습니다. 저희 할아버지처럼요. 할아버지가 가진 건물은 그리 크지 않았지만 일을 하지 않고도 어린 손녀에게 꽃등심을 구워줄 정도의 돈은 매월 벌어다주는 건물인 게 분명했습니다. 그 건물에서 장사하는 상인들은 골목에서 할아버지를 마주치면 허리를 굽혀 인사했습니다. 그럼 할아버지는 가볍게 미소지으며 인사를 받고는 가던 길을 계속 갔습니다. 그는 늘 허리를 펴고 뒷짐을 진 채 골목을 걸어다녔습니다. 저는 왠지 인사하는 사람보다는 뒷짐을 지는 사람이 되고 싶었습니다. 어떤 날은 할아버지랑 같이 걷는 김에 저도 뒷짐을 지어보았습니다. 엄마는 어린 저에게 배꼽티를 자주 입히곤 했습니다. 손을 뒤로 모아 뒷짐을 질 때면 꼭 손등에 허리 뒤쪽의 맨살이 닿았습니다. 동네 상인들과 다방 언니들은 뒷짐을 진 채 걸어다니는 저를 보며 쿡쿡대고 웃었습니다. 그럼 저는 금방 창피해져서 다시 손을 앞으로 모아 배꼽을 가렸습니다. 역시 진짜 건물 주인이 되기 전까지는 뒷짐지고 싶은 마음을 참자고 다짐했습니다.

골목 남자들의 직업은 모두 상인이었고, 골목 여자들의 직업은 며느리나 할머니나 엄마 등이었습니다. 그 여자들도 상인인 남편이나 아들을 도와 일할 때도 있었지만 어쩐지 진짜 상인은 아닌 것 같았습니다. 왜냐하면 거래처로부터 걸려오는 전화벨이 울릴 때 여자들은 절대 받지 않았으니까요. 그들은 전화가 왔다는 사실을 급하게 전달하기만 할 뿐이었습니다. 흑룡상회나 진양상회나 신창파이프나 동명쇼바나 전화를 받고 돈을 만지는 건 모두 남자들이었습니다.

저는 골목의 여러 상가들 중에서도 쓰리엠 양면테이프를 파는 상인들의 딸로 자랐습니다. 그 가게의 이름은 대훈실업이었습니다. 저의 아빠와 작은아빠와 삼촌인 그 상인들도 장사를 하려면 건물이 필요했습니다. 하지만 그들은 골목에서 누구를 만나도 허리 굽혀 인사하지 않았습니다. 왜냐하면 대훈실업 건물도 할아버지의 것이었으니까요.

집안에는 네 명의 어린아이들이 있었습니다. 이경희와 이찬희와 이원희, 그리고 이슬아. 이름이 '희' 자로 끝나는 그 손자들은 초등학생이 되자 양면테이프 가공기술을 조금씩 가르침 받았습니다. 장사를 물려받을 가능성이 있기 때문이었습니다. 그러나 저는 예외였습니다. 양면테이프 자르는 걸 배워도 되고 안 배워도 되는 사람, 제사를 지낼 때 절을 해도 되고 안 해도 되는 사람이었습니다. 그 이유가 궁금해진 저는 쓰리엠 테이프 가게에서 테이프를 포장하는 상인들 중 한 명에게 물었습니다.

"삼촌, 왜 나한테는 일도 안 시키고 절도 안 시켜?"

귓등에 담배를 꽂은 삼촌이 말했습니다.

"지지배야, 너는 꼬추가 없잖아."

자동차 부품 상가의 상인들은 대부분 입이 거칠었습니다. 저는 거친 말들이 제 몸에 눌어붙기 전에 흥, 하고 삼촌을 한 번 째려본 뒤 대훈실업을 나와 상인이 아닌 여자들이 있는 곳으로 갔습니다. 거실에서는 엄마와 작은엄마가 빨래를 개고 있었습니다. 저는 그 옆에서 다리를 뻗고 누운 채로 낮잠 자는 척하며 며느리들의 뒷담화를 엿들었습니다. 그러나 하루이틀 듣는 것도 아닌 시부모 욕과 남편 욕은 금방 지겨워지곤 했습니다. 그럴 때면 책을 읽으러 혼자 방에 들어갔습니다.

그맘때쯤 새로운 상인들을 알게 되었습니다. 그들은 답십리의 상인들과는 달랐습니다. 이름도 왠지 멋진 안토니오와 바사니오. 그들은 베니스의 상인들이었습니다. 의리 있고 배포가 큰 두 명의 사나이는 심보가 고약한 고리대금업자 샤일록에게 돈을 빌렸다가 역경에 처했습니다. 세 달 내로 돈을 갚지 못하면 안토니오의 심장 부위 살을 칼로 베어내는 인육재판이 벌어질 판이었습니다. 그러다가 바사니오의 약혼녀인 포샤의 영특한 작전으로 해피엔딩을 맞더군요.

포샤에겐 여러 미덕이 있었습니다. 저는 그녀가 순수하지 않아서 좋았습니다. 바사니오가 구애를 하러 포샤를 찾아갔을 때 내민 금상자와 은상자와 납상자 중에서, 신중하게 납상자를 집어드는 모습을 보고 바사니오는 사랑에 빠집니다. 포샤가 얼마나 때묻지 않은 여자인지 감탄하면서 말이죠. 그러나 어린 제가 보기에도 그 이야기는 뭔가 석연치 않았습니다. 사실 진짜로 순수한 건 망설임 없이 금상자와 은상자를 선택한 여자들일 테니까요. 포샤의 납상자 선택은 순수하거나 직관적이지 않았습니다. 그건 전략이었습니다. 저는 속물근성을 한 꺼풀 감출 수 있는 포샤가 좋았습니다. 장사꾼의 기본이니까요. 포샤의 미덕을 기억하며 낮잠에 빠졌습니다.

그런데 저는 과연 그녀처럼 상인의 여자가 되고 싶었던 걸까요?
장사라는 건 가끔 너무나 거짓말 같은 일처럼 보였습니다. 쓰리엠 테이프 가게만 보아도 그랬습니다. 명색이 쓰리엠 테이프 가게인데 쓰리엠 테이프를 단 한 개도 직접 만들지 않았습니다. 다만 가공하고 유통하고 납품할 뿐이었습니다. 만약 양면테이프를 실은 차가 어느 날 오지 않는다면? 그들은 팔 게 없는 것입니다. 상인들의 세계는 수많은 약속들로 이루어져 있는 게 분명했습니다. 저는 그것이 불안해 보였습니다. 골목에 있는 상인들의 얼굴은 가끔 너무나 믿음직스럽지 않아 보였기 때문입니다. 베니스에서 무역을 하는 안토니오도 자신의 물건들을 실어 보낸 배가 예상과 달리 돌아오지 않아 고생하지 않던가요. 장사는 가끔 도박보다 위험해 보였습니다.

저는 상인이 되고 싶지 않았습니다. 상인보다 더 멋있는 것이 되고 싶었습니다. 다만 베니스의 상인에 관한 이 이야기는 참으로 매혹적이었습니다. 저는 낮잠에서 깬 뒤 그 책을 앞뒤로 훑어보았습니다. 그때 보았습니다.

지은이 윌리엄 셰익스피어.

그때 처음으로 셰익스피어 같은 사람이 되면 좋겠다고 생각했습니다. 셰익스피어는 양면테이프를 실은 트럭을 기다릴 필요도 없고 자신의 물건을 수출한 배의 위험을 걱정할 필요도 없었습니다. 그리고 돈을 버는 데 많은 재료가 필요하지 않을 게 분명했습니다. 한마디로 그에게는 장사 밑천이 필요해 보이지 않았습니다.

그렇다면 저는 무엇을 팔면 좋을까요?

답십리 골목뿐만 아니라 어디에나 상인들은 많았습니다. 품위 있는 장사꾼, 옹졸한 장사꾼, 손님을 피곤하게 하는 장사꾼 등 성격도 다양했습니다. 조금 더 많은 상인들을 만나며, 그러나 셰익스피어의 책을 비롯한 여러 작품들을 잊지 않으며 자랐습니다. 스물두 살이 되자 부모님의 집에서 나와 독립 생활을 시작했습니다. 아무리 못해도 한 달에 80만 원은 벌어야 했습니다. 곧바로 이야기를 파는 상인이 될 수는 없었습니다. 아직은 제가 훌륭한 비극이나 희극을 턱턱 써내는 이야기꾼이 아니기 때문입니다. 그건 아마 먼 미래의 일일 테죠. 당장 다음달에 낼 월세를 벌어다줄 일이 필요했습니다.

주위를 둘러보니 제 또래의 친구들은 다들 비슷비슷한 노동력을 팔고 있었습니다. 카페나 음식점 서빙 알바가 가장 흔했습니다. 그것들은 적은 시급에 비해 너무나 많은 시간을 잡아먹는 노동이었습니다. 저는 적은 시간을 들이고도 돈을 벌 수 있는 일을 원했습니다. 학교도 다녀야 하고 데이트도 해야 하고 책도 읽어야 하고 살림도 해야 하니까요. 흔치 않은 것을 가진 상인이 되고 싶었습니다. 그리하여 선택한 것이 누드모델입니다.

저는 옷을 벗어서 돈을 벌기 시작했습니다. 제가 옷을 벗음으로써 짭짤하게 돈을 벌 수 있는 이유는 그야 물론 남들이 옷을 벗지 않기 때문입니다. 자본주의 사회에서 고급 인력이 되려면 남들이 못하는 일, 혹은 할 수는 있어도 선뜻 하고 싶지 않은 일을 잘할 수 있어야 한다고 할아버지는 늘 말씀하셨습니다. 그 말을 기억하며 자란 손녀가 스물두 살이 되어 누드모델이라는 직업을 선택할 줄은, 할아버진 꿈에도 모르셨겠지요. 그는 에곤 실레가 그려놓은 누드화 속 여자들을 제가 얼마나 흠모하며 자랐는지도 모를 것입니다.

몸을 그리는 사람에게 관심이 많았습니다. 그러다가 어느 날 그리는 사람이 아닌 그려지는 사람이 되고 싶었습니다. 옷을 입지 않는 사회는 옷을 입는 사회보다 40퍼센트 더 많이 먹는다고 합니다. 그래야 지방층이 더 두꺼워져서 추위로부터 몸을 보호할 수 있으니까요. 원래 인간은 춥지 않기 위해 옷을 입었습니다. 그러다가 언제부턴가는 부끄럽지 않기 위해 옷을 입게 되었고 또 언제부턴가는 자신을 과시하기 위해 옷을 입었습니다. 신기하게도 21세기에는 인간이 옷을 입기 위해 음식을 덜 먹는 일이 허다해졌습니다. 굶어야만 입을 수 있는 옷을 탐하게 되었으니까요.

이런 시대의 한가운데에서 50킬로그램인 저는 옷 벗는 일로 돈을 법니다. 누드모델의 세계에 입장하면서 나체를 필요로 하는 곳이 생각보다 많다는 걸 알게 되었습니다. 입시미술을 준비하는 고등학생들, 그림을 전공하는 대학생들, 화가, 조각가, 게임회사 디자이너, 취미로 크로키를 배우는 일반인 등 돈을 내고 누드 드로잉 수업을 듣는 사람들을 만났습니다.

누드모델협회에 소속되어 있는 저는 협회 회장님으로부터 일을 받습니다. 그리고 수업이 진행되는 곳에 뚜벅뚜벅 찾아가서 옷을 벗습니다. 옷을 벗으면 사람들은 저를 그립니다. 그 시선들 속에서 포즈를 취한 채로 가만히 있다가 타이머가 울리면 포즈를 바꾸는 게 일의 내용입니다. 출근하는 날에는 가방에 타이머와 가운을 넣고, 집을 나섭니다.

옷을 벗으러 백화점에 갑니다.

신세계 백화점엔 냄새가 있습니다. 층별로 다르지요. 9층에서는 물감 냄새가 납니다. 비장한 마음으로 신세계 백화점 9층에 내린 저는 백화점의 냄새를 가슴으로 들이마시며 모델협회 선생님과 메시지를 주고받습니다.

"선생님, 신세계 백화점에 잘 도착했습니다."

"수고해요."

저는 VIP 고객 전용 아카데미 강의실로 향합니다. 강의실 앞에는 '누드 크로키 수업'이라고 쓰인 표지판이 붙어 있습니다. 문을 열고 들어가 처음 보는 아줌마들과 중년의 남자 강사에게 인사를 합니다. 물감 냄새의 근원지는 여기입니다.

준비해온 가운을 꺼내 탈의실에서 갈아입습니다. 누드모델의 가운은 기장이 무릎 정도까지 내려와야 하며 입고 벗기가 너무 어렵지 않아야 합니다. 요즘 제가 입는 건 엄마가 골라준 가운입니다. 알몸으로 벗겨지기 전에 제가 입고 있는 옷은 최대한 고급스러워야 한다고 엄마는 말했습니다. 겨울철에는 엄마의 구제 옷가게에서 11만 원에 팔던 폴스미스 알파카 롱코트를 가운으로 입었습니다. 그걸 입으면 무대에 올라가기 전에 기분이 좋았지요. 날이 좀 따뜻해지자 엄마는 옷가게에서 7만 원에 팔던 랄프로렌의 코트를 새 가운으로 입으라며 골라주었습니다. 두 벌 다 구제이긴 해도 엄마의 옷가게에서 파는 옷 중 비싼 축에 속하는 코트였습니다.

랄프로렌의 코트를 입은 저는 강의실로 나갑니다. 그림 그리는 여가 시간을 확보한 중년 여자들이 수다를 떨고 있습니다. 대화에는 이영애나 김희애가 화제에 오릅니다. 저는 미술교실의 강사 선생님에게 오늘의 포즈 시간을 확인받습니다. 선생님이 말합니다.

"앞의 두 시간은 크로키 시간이니까 이 분씩 포즈를 바꿔주시고, 뒤의 두 시간은 유화 수업이니까 고정 포즈로 진행해주세요."

오 분 전입니다. 스피커를 꺼내 준비해온 음악을 재생시킵니다. 모델이 선곡한 배경음악에 따라 그날 수업의 분위기가 다르게 조성됩니다. 오늘은 카펜터스와 마마스 앤드 파파스를 비롯한 올드팝을 재생목록에 추가해놓았습니다. 미술학원이나 대학 강의실에서는 좀더 트렌디한 팝을 주로 틀지만 백화점 문화센터에서는 올드팝이 적절합니다. 아줌마 중 한 명이 노래를 흥얼거리며 캔버스를 꺼냅니다.

무대에 올라가기 일 분 전입니다. 타이머를 손에 쥐고 나무상판으로 만들어진 무대 옆에 서서 신발을 벗습니다. 잠시 후 강사 선생님이 형광등을 끄고 무대 위 핀조명을 켭니다. 연극을 하는 기분으로 무대 위로 올라간 저는 말합니다. "이 분 크로키 시작하겠습니다." 그리고 가운을 벗습니다. 이 순간을 몹시 좋아합니다. 홀가분하니까요.

사람들의 시선이 제 몸 구석구석에 닿기 시작합니다. 그들은 제 몸을 빠르게 스캔한 뒤 열심히 그립니다. 옷을 벗은 저는 시간이 흐른다는 걸 그 어느 때보다 온전히 느끼며 서 있거나 앉아 있거나 누워 있습니다. 이 분 간격으로 타이머가 울리면 포즈를 바꿉니다. 포즈를 한 번 바꾸면 그대로 가만히 있어야 합니다. 가장 고정하기 어려운 신체 부위는 어깨도 다리도 손목도 아니고, 눈동자입니다. 눈동자를 가만히 두는 게 제일 힘듭니다. 여기저기 쳐다보고 싶어서 미치겠으니까요. 눈동자는 이성보다 빠릅니다. 가끔은 눈동자를 굴리다가 그리고 있는 사람과 눈이 마주칩니다. 그럼 필사적으로 웃음을 참아야 합니다.

앉아서 놀고먹고 싶어하는 한량과 결혼해 평생을 고생한 우리 외할머니는 툭하면 말했습니다. 가만히 앉아서 돈 버는 일 같은 건 세상 어디에도 없다고. 긍께 느희 할아부지같이 가만히 있으려는 것들은 자고로 다 글러먹은 놈들이라고. 그런데, 할머니. 가만히 앉아서 돈 버는 일, 여기 있긴 있더라고요. 그냥 가만히 있는 게 아니라 겁나게 잘 가만히 있어야 한다는 거지만요. 이건 시급 3만 원짜리 일이에요. 시간 대비 굉장한 고소득이라니까요.

잡생각을 하는 사이 이십 분이 흐릅니다. "십 분 쉬겠습니다" 하고 무대에서 내려갑니다. 아줌마들이 붓을 내려놓고 제가 다시 가운을 걸치는 사이 크로키 수업의 강사가 무대 옆으로 걸어와서 말합니다.

"이번주엔 아주 재미있는 모델이 왔네요. 그쵸?"

아줌마들이 강사를 쳐다봅니다.

"지난주까지 왔던 모델이 무난한 느낌이었다면, 이번 모델은 느낌이 좀 세네요. 작은데도 힘이 있어요. 모델을 보세요. 키는 작은 편이고 상체는 거의 빈약하다고 할 수 있을 만큼 말랐어요. 그런데 힙과 하체가, 아아아주 풍만해요. 여러분이 특히 주목해서 그려야 할 부분은 저기, 등뼈와 골반선이에요. 등에서 허리를 지나 힙과 궁둥이까지 떨어지는 커브가 장난이 아니죠? 이만한 굴곡은 흔히 찾아볼 수 없어요. 커브가 센 몸을 그려볼 수 있는 좋은 기회예요."

한 아줌마가 저를 보며 말합니다. "장만옥이랑 조금 닮았네."

오른쪽에 앉은 아줌마가 거듭니다. "그리고 걔 누구더라, 모델 중에 눈 쪽 찢어진 애."

이번엔 왼쪽에 앉은 아줌마가 끼어듭니다. "장윤주?"

아줌마들이 "맞다! 맞다!" 하며 웃습니다.

아줌마들은 그후로 한참을 더 닮은꼴 얘기를 합니다. 저는 들은 척과 못 들은 척 사이의 애매한 중간지점을 찾아 그냥 살짝 웃고 맙니다.

온몸이 못 견디게 뻐근해질 즈음 타이머가 울립니다. 드디어 네 시간짜리 일이 끝났습니다. 진이 빠집니다. 저는 무대에서 인사한 뒤 탈의실로 가서 옷을 입습니다. 탈의실이 무척 싸늘하다는 걸 이제야 실감합니다.

강의실을 빠져나오자 일하느라 잠시 구겨놨던 민망함과 서러움이 슬쩍 고개를 듭니다. 변덕스러운 저는 백화점 화장실로 가서 잠깐 눈물을 훔칩니다. 넓고 쾌적한 백화점 화장실에서는 울 맛이 나니까요. 더러운 화장실이라면 절대 안 울었을 것입니다. 아까 무대 위에서 모른 척하며 잠시 곱게 접어놓았던 느낌들을 다시 쫙쫙 펴서 곱씹습니다. 골반뼈의 통증과 어깨와 무릎의 뻐근함과 톡톡 튀는 다리 저림과 으스스한 추위와 중간에 지루한 듯 붓을 내려놓던 아줌마의 표정과 강사가 내 엉덩이보고 궁둥이라고 말할 때의 입모양 같은 것들을 떠올리며 닭똥 같은 눈물을 흘립니다. 엄마가 보고 싶어져서 조금 더 웁니다.

이제 대충 다 울었습니다. 울고 나니 서러울 거 하나 없습니다. 오늘

번 돈만으로도 이번 달 전기세와 도시가스비와 인터넷 요금을 내고도 남는다고 생각하니 기분이 조금 점잖아집니다. 다만 배가 고픕니다. 화장실칸에서 나와 세면대에서 눈물 자국을 닦고 고급스러운 향기의 액체비누를 짜서 꼼꼼하게 손을 씻은 뒤 건조기 바람에 뽀송뽀송하게 말립니다.

백화점 9층에서 에스컬레이터를 타고 푸드코트로 내려가면서 무얼 먹을지 생각합니다. 두근두근 뛰는 마음으로 지하 푸드코트에 도착합니다. 아아, 맛있는 냄새들로 가득한 이곳. 신세계 백화점 푸드코트는 진짜 신세계입니다. 마감세일중인 이 시간에는 가격도 싸지요. 저는 아주 신중하게 메뉴를 고른 뒤 간이 식탁에 앉아 그것들을 냠냠 쩝쩝 먹어치웁니다. 행복합니다. 화장실도 좋지만 신세계 백화점의 하이라이트는 역시 푸드코트입니다.

옷을 벗으러 강북 미술학원에도 갑니다.

어느새 여름입니다. 목소리가 걸걸한 미술학원 원장이 학생들을 향해 신경질적으로 소리칩니다. "야, 야, 숨쉬지 마. 너희가 뱉은 이산화탄소 때문에 교실 더워지잖아."

서른 명이 넘는 고등학생들은 아랑곳하지 않고 웃고 떠들며 교실을 소음으로 가득 채우고 있습니다. 노원에 있는 한 입시미술학원. 얼굴에 여드름과 뾰루지가 가득한 남녀 고등학생들이 득실득실합니다. 누드 크로키 수업 직전, 고등학생들이 떠는 호들갑과 개구진 장난을 지켜보며 무대에 설 준비를 합니다. 여러 번의 실험 결과 이런 날엔 어설픈 팝송보다는 〈아멜리에〉 OST를 트는 것이 적절합니다. 〈아멜리에〉 영화에 삽입된 음악들은 발정난 말 같은 고등학생들을 차분히 가라앉히는 데 탁월하니까요. 곧이어 가운을 벗습니다.

가운을 벗자 입시생들은 손과 고개를 바쁘게 움직이며 그림을 그립니다. 교실은 입시생들이 그린 데생들로 사방이 둘러싸여 있고, 마룻바닥에는 물감 자국과 지우개 가루들이 즐비합니다. 서른 명이 넘는 고등학생들이 스케치북을 들고 가운데에 서 있는 제 몸을 그리고 있습니다. 예전에 "지지배야, 너는 꼬추가 없잖아"라고 말하던 삼촌을 기억합니다. 학생들의 스케치북 위에 슥슥 그려지고 있는 제 몸은 누가 봐도 여자의 몸입니다.

아직 덜 벌어진 어깨들, 덜 자란 가슴들, 덜 자란 손발과 덜 높아진 코와 생길락 말락 한 쌍꺼풀들과 교정기를 빼지 않은 치아들. 그 몸들 사이에서 알몸인 내가 가만히 서 있습니다. 창밖에서 매미 소리가 들립니다. 스퀴열— 씨—열— 씨—열. 저는 알몸으로 매미 소리를 들으며 포즈를 바꿉니다.

옷을 벗으러 강남 미술학원에도 갑니다.

압구정 미술학원이 강북 미술학원과 다른 건 좋은 교실에서 소수정예로 수업을 한다는 점입니다. 한 반에 서른 명이 넘는 강북 미술학원처럼 선생님이 이산화탄소 걱정을 할 필요가 없지요. 강북 애들이 인서울 대학 입학을 위해 입시미술을 한다면 압구정 미술학원 애들은 미국에 있는 미대에 가기 위해 입시미술을 합니다. 그애들은 엄마가 태워주는 차로 미술학원 앞에 도착합니다. 비싼 옷과 비싼 신발과 비싼 헤드폰을 걸쳤습니다.

그들 앞에서도 아무 팝송이나 틀 수 없습니다. 다들 영어를 너무나 잘하니까요. 미술학원 안에서도 심심하면 영어로 대화하곤 하는 애들. 그래서 저는 압구정 미술학원에 올 때마다 가사가 많지 않은 다프트 펑크의 음악을 틀곤 합니다.

쉬는 시간에 저는 그애들의 스케치북을 보고 깜짝 놀랍니다. 저를 너무나 잘 그려놓았기 때문입니다. 강남 고등학생들이 그려놓은 내 모습은, 나보다도 더 나랑 닮았습니다. 수업이 끝난 뒤 그들은 가로수길로 저녁을 먹으러 갑니다. 저는 배고픔을 참고 아현동까지 전철을 타고 와서 밥을 차려 먹습니다.

누드모델들은 한여름과 한겨울에 한가합니다.

모델 일의 수요는 주로 학기중에 많습니다. 경력이 있는 누드모델들은 학기중에 바짝 돈을 번 뒤 방학 때엔 해외여행을 가거나 여유롭게

바캉스를 즐깁니다.

언젠가 협회에 소속된 누드모델들끼리 모여 수다를 떨었던 적이 있습니다. 신참인 저는 조용히 언니들의 수다를 들었지요. 커트 머리의 깡마른 모델 언니가 다른 모델들에게 물었습니다.

"이 일 하는 거, 사람들한테 말해요?"

다들 이구동성으로 아니라고 대답했습니다. 목선이 예쁜 단발머리의 언니가 불평했습니다.

"말하면 다들 이렇게 묻잖아요. 돈 때문에 그 일 하는 거지?"

커트 머리의 언니는 억울한 듯 중얼거렸습니다.

"맞아요. 나는 나름대로 숭고한 이유가 있어서 이 일 하는 거거든요. 근데 다들 일단 돈 때문이라고 생각하잖아요."

그러자 옆에 조용히 앉아 있던 긴 머리 언니가 피식 웃으며 말했습니다.

"나는 돈 때문에 하는데, 자기는 아니에요?"

그러자 커트 머리 언니가 당황하며 대답했습니다.

"아니…… 물론 페이가 세기도 하죠. 근데 저는 진짜 숭고한 자세로 이 일 하는 거예요."

긴 머리의 언니가 물었습니다.

"그 숭고하다는 게 대체 뭔데요?"

커트 머리 언니가 머뭇거렸습니다. 긴 머리 언니가 또박또박 말했습니다.

"다른 일보다 천박할 이유도 없지만 그렇다고 딱히 더 숭고할 이유도 없죠."

긴 머리 언니는 담배를 피우러 나갔습니다. 저는 언니를 따라나가서 말했습니다.

"저도 돈 때문에 누드모델이 돼요. 그리고 무엇보다도, 시간 때문에 누드모델이 돼요. 시간을 버는 일이기도 하잖아요."

언니는 고개를 끄덕였습니다. 상인들 중에서도 가장 높은 곳에 있는 사람은 빌딩을 가진 사람도 아니고 자동차를 가진 사람도 아닌, 시간을 가진 상인이라고 믿는 우리. 시급 3만 원짜리 모델들. 비참한 마음 없이 벗은 몸을 팔 수 있는 상인들.

알몸을 파는 상인이 되어 전국을 돌아다닌 지 1년째입니다.

옷을 벗는 장소는 매번 바뀝니다. 일을 하러 갈 때마다 처음 보는 장소와 처음 보는 사람들에게 매번 새롭게 적응해야 합니다. 그때의 긴장과 피로감을 견디는 게 이 일의 큰 부분입니다.

아직은 제가 무엇으로 돈을 버는지 이야기하기엔 이릅니다. 기다리는 중입니다. 나를 불쌍하게도 특별하게도 여기지 않는 채로 이 직업을 이야기할 수 있게 될 때까지.

그러다가 이야기가 목까지 차오르는 날에는 글을 씁니다.

이야기를 파는 상인을 여전히 잊지 않았습니다. 셰익스피어가 쓴 이야기에는 맨 아래부터 저 꼭대기까지 모든 계층의 인물들이 등장합니다. 그는 돈을 내기만 하면 상놈이든 귀족이든 극장에 들어갈 수 있게 된 첫 세대의 작가였습니다. 너무나 다양한 계층이 그의 연극을 보러왔기 때문에 그는 여러 계층을 포함한 이야기를 지어냈습니다.

장사꾼보다 더 많은 장사 밑천이 필요한 일이라는 걸 알게 된 지는 얼마 되지 않았습니다.

저는 여전히 상인들의 딸입니다. 그러나 이제는 건물 주인을 꿈꾸지 않습니다. 뒷짐을 지는 어른이 되고 싶은 마음도 별로 없습니다. 이왕이면 팔을 흔들며 씩씩하게 걷는 어른이 되고 싶습니다. 구체적으로 뭐가 될지는 아직 모르겠습니다. 아직 저는 제 손바닥만한 이야기밖에 쓰지 못하니까요. 상인들 사이에서 태어나 자라고 있습니다.

모르는 번호

한 달이 지나자 겨울이 성큼 다가왔다.

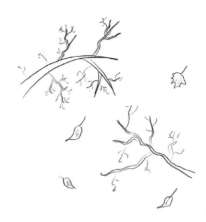

옷 벗는 일을 하기엔 고된 계절이었다.

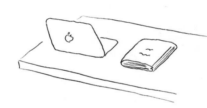

학교 도서관에서 과제를 하다가
날이 저물어버린 어느 저녁에

친구랑 학교 앞 돈가스 집에 갔다.

이런저런 얘기를 하며 돈가스를 먹는데

모르는 번호로 전화가 걸려왔다.

상금은 백만 원이었다.

누드모델도 아니고 카페 알바도 아니고
잡지사 인턴 일도 아닌

내 글을 쓰는 일로
그 돈을 받게 되어서 벅찼다.

제5회
한겨레21 손바닥문학상
가작 〈상인들〉
이슬아
수상소감

시상식을 앞두고
나는 수상소감을 적어 보내야 했다.

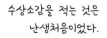

수상소감을 적는 것은
난생처음이었다.

스물두 살에 이토록 멋진 격려를 받아서 기쁘다.
수상 소식을 듣고 집으로 가는 버스 안에서
100만 원에 대해 생각했다.
막일을 해서 번 돈으로
여자친구와 데이트를 하는 남동생의 지갑에
5만 원을 넣어주고 싶다.

내가 열아홉 살이었을 때 한푼도 받지 않고
논술을 가르쳐주신 민숙 이모에게는 월남쌈을 사야지.
5년째 몸담고 있는 글방의 빛나는 동료들과
스승 어딘에게는 야식을,
엉덩이를 토닥토닥해주시는 하영은 선생님에겐 립스틱을,
김양에게는 담배와 성냥을, 교수님께는 양갱을,
셔츠가 잘 어울리는 애인에게는 니트 넥타이를 선물하고 싶다.

이 위험천만하고도 황홀한 세상에 나를 낳은
엄마와 아빠에게는 커플 망사 속옷을 선물할 거고,
나의 우아한 룸메이트에게는 원피스를 사줄 거다.
그러고 나면 얼마 남지 않을 게 뻔하다.
그들이 빠진 내 삶이 얼마나 얇을지 안다.
더 씩씩하게 걷고 읽고 듣고 쓰고 춤추고 입맞추고 싶다.

시상식과
상금

한겨레신문

그날 내가 입은 옷과

아빠 엄마가 입은 옷을

나는 오랫동안 기억할 것이다.

막상 문학상 상금이
통장에 입금되고 나니

엄마 아빠에게 커플 속옷 등을
사줄 수 있는 돈보다
조금 더 큰 금액이 남아 있었다.

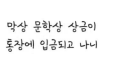

238

남은 돈으로는
엄마랑 여행을 가야겠다!

엄마의 허락을 받지 않은 채

다른 나라로 가는
비행기 티켓을 예매하면서

나는 돈이 몹시 좋다고 느꼈다.

엄마에게 시간을 선물할 수 있다니
돈이란 정말이지 근사한 것이었다.

엄마가 나를 돌보아야 할 때는
이미 다 지나가버렸고

나는 아직 엄마를 돌볼 필요가 없었다.

엄마는 이제
마흔여덟이었고

(1967~)

나는 스물셋이었고

(1992~)

그014년이 시작되고 있었다.

오 마이 베이비

계피향이 나는 어두운 가게에 엎드려서 마사지를 받으면 온몸의 피가 꿀로 변하는 느낌이 들었다. 그들이 내 몸을 주무르는 내내 봉인이 해제된 사람처럼 단잠을 잤다. 어딜 주무르든 시원했다. 옆에 누운 엄마는 어딜 주물러도 아파했다. 마사지하는 태국 여자들은 엄마의 등을 만지며 내게 말했다.

"노 굿. 노 굿."

엄마는 자신의 몸을 주무르는 덩치 좋은 태국 여자에게 물었다.

"유 해브 칠드런?"

그럼 그녀는 손가락 두 개를 폈다. 엄마는 웃으며 "미 투, 미 투!" 했다.

저녁을 먹으러 파타야 시내로 나가면 택시기사들이 우르르 몰려와

달라붙었다. 식당가까지 택시를 타고 가라는 이야기였다. 파타야는 닮고 닮은 관광지였고 호객꾼에게 에너지를 쓰고 싶지 않은 나는 눈길도 안 주고 빠르게 걸었다. 그들은 계산기를 들고 와서 기본 택시비의 세 배가 넘는 가격을 두드리고는 엄마와 나에게 내밀었다. 엄마는 눈을 동그랗게 뜨고 "투 헌드레드 바트? 리얼리? 오 마이 갓!" 하며 매번 성실하게 놀라워했다. 택시기사들은 엄마의 반응을 보고 웃더니 놀리려는 듯 계속 더 높은 가격을 두드려서 보여주었다. 엄마는 더욱더 난처한 표정을 지었다.

"오 노우…… 아이 돈 해브 머니…… 쏘리…… 쏘리……"

엄마는 택시기사에게 일일이 사과했다.

나는 까칠하게 미간을 찡그렸다.

"이 길에서 엄마가 제일 유난스러운 거 알아? 그냥 대답 안 하면 되잖아."

그럼 엄마는 나를 흘겨봤다.

"지 아빠랑 똑같아."

"못난 거는 다 아빠 닮았다고 하지. 잘났을 때는 다 자기 닮았다고 하면서."

우리는 30미터쯤을 싸하게 따로 걸었다.

그러다 망고를 파는 할머니가 나오면 은근슬쩍 다시 만나 망고를 사먹었다.

시끄러운 구간을 지나자 우리가 찾던 게살 커리 레스토랑이 나왔다. 야외에 테이블이 있는 식당이었다. 엄마와 나는 콧구멍을 벌렁거리며 게를 들고 살을 빨아먹었다. 커리를 맛있게 싹싹 비우고 내가 담배를 꺼내자 옆에 서 있던 웨이터가 담뱃불을 붙여주었다. 엄마는 내가 뭘 잘했다고 담뱃불까지 붙여주냐며 속없는 웨이터라고 중얼거렸다. 웨이터들은 나를 중국인으로 자주 오해하고 말을 걸었다.

"니하오."

그럼 나는 중국어로 대답했다.

"니하오, 니짜오션머밍쯔."

중국어는 언제 배웠냐고 엄마가 물었다. 내가 할 줄 아는 중국어는 다섯 마디 이하였지만 중학교 때 배워놨다고 거드름을 피웠다.

다시 시끄러운 시내를 통과해서 숙소로 돌아와 침대에 눕자 엄마가 말했다.

"기분이 이상해……"

태국에 온 지 하루 만에 나는 엄마가 휴양지를 잘 누리지 못하는 사람이라는 걸 알게 됐다. 이 도시는 이미 너무 많은 손님들을 받아왔다. 엄마는 해안도시 말고 산마을에 가고 싶다고 했다. 나는 노트북을 켜고 태국 북부로 가는 비행기 티켓을 끊었다.

다음날 우리는 돈므앙 공항에 있었다. 치앙라이로 가기 위한 수속을 밟다가 티켓 변경 수수료가 너무 비싸서 심란해했다.

"너무 비싸다. 그치."

내가 한숨을 쉬면서 말하자 엄마는 나에게 처음으로 그런 걸 물어봤다. 정말로 돈의 제약이 없다면 무엇을 하고 싶냐고.

나는 대답을 못했다. 그런 질문은 처음 들어봤기 때문이다. 북아현동의 반지하 자취방에서 월세를 꼬박꼬박 내며 사는 동안 내 상상력은 돈에 꽁꽁 묶여 있었다.

엄마 옆에서 나는 곰곰이 생각하기 시작했다. 돈의 제약이 없다면 나는 댄스 교습소에 다닐 것이다. 댄스스포츠 대회에 나갈 수 있을 만큼 라틴댄스를 잘 추고 싶기 때문이다. 그리고 내 집을 가지고 싶었다. 해가 잘 드는 집. 반지하가 아닌 집. 아주 넓을 필요는 없었다. 서재와 소파와 침실과 알찬 옷장이 있는 집. 가끔 사람들을 불러모을 수 있을 만한 집. 그 집은 나의 작업실이자 응접실이자 호텔이어야 했다. 또한 좋아하는 이들과 계절마다 여행을 가고 싶기도 했다. 그리고 작가가 되고 싶었다. 왜인지는 잘 설명할 수 없었다. 뭔가를 쓰려고 하는 사람은 지독한 짠순이인 거라는 이야기를 들은 적이 있다. 어떤 장면이 너무 아까워서, 어떻게든 가지거나 복원하려고 애쓰는 짠순이라고.

혼자 한참을 생각하다가 옆에 앉은 엄마에게 물었다.

"엄마가 바라는 건 뭐야? 돈의 제약이 없다면 하고 싶은 거."

엄마는 한참을 생각했다. 너무 뜸을 들여서 내가 하품을 하려고 입을 벌릴 때쯤 그녀가 대답했다.

"언젠가 독립하고 싶어, 이 가정으로부터."

그 말을 하는 사이 엄마의 코가 빨개지더니 금방 눈물이 그렁그렁해졌다. 엄마는 소매로 눈물을 훔쳤다. 나는 뭐라고 대답해야 할지 아직 몰랐다.

우리는 비행기를 타고 북부로 넘어갔다. 치앙라이를 거쳐 트럭을 타고 산꼭대기 마을로 올라갔다. 그곳은 매살롱이었다. 아침엔 봄 같고 점심엔 여름 같고 저녁엔 가을 같고 밤엔 겨울 같은 마을. 허름한 산장에 우리의 짐을 풀었다.

매살롱에 도착하자마자 엄마는 근처 시장에 가서 장을 보았다. 영어도 태국어도 못하면서 능숙하게 장을 보는 엄마가 신기했다. 시장의 할머니들이랑 손으로 말을 했다.

매살롱 시장에서 돌아온 엄마가 말했다.

"그런 느낌이 드는 사람이 있어. 왜, 그 사람의 연인은 절대 바람 안 피울 것만 같은 사람 말이야."

내가 왜냐고 물었다.

"그 사람 가슴속에 꽃밭이 있어서 그래."

종종 내 연인들은 나를 두고 바람을 피우곤 했다. 내 가슴속에는 꽃밭이 없는 것일지도 몰랐다. 하지만 나도 바람을 피우고 양다리를 걸치곤 했다. 일부일처의 판타지가 언제쯤 깡그리 무너질지 두렵고 기대되었다. 이곳은 일처다부의 나라 태국이었다. 여자의 바람이 보편적인 나라였다.

저녁이 되자 산장 앞에는 사람들이 삼삼오오 모여 저녁을 먹고 맥주를 마시며 담배를 태웠다. 같이 여행 온 유럽의 연인들이 자주 보였다. 엄마는 그들을 너무나 부러워했다. 우리 앞에는 암스테르담에서 동거하는 남녀가 앉아 있었다. 엄마는 그들에게 나를 소개할 때 'daughter'라고 말하지 않았다.

"쉬 이즈 마이 베이비. 마 퍼스트 베이비."

네덜란드 남자는 베이비가 엄마보다 크다며 웃었고 프랑스 여자는 베이비가 엄마를 룩애프터 한다고 맞장구쳤다.

간소하고 친절해져야 하는 영어 대화가 피곤해질 때쯤 우리는 산장으로 돌아왔다. 숙소에서는 모든 옷을 벗어던지고 누웠다. 낡은 선풍기가 천장에서 탈탈탈탈 돌아갔다. 나란히 누워 선풍기 소리를 들었다. 나는 뜬금없이 남자친구가 보고 싶다고 말했다.

엄마는 옆으로 누워서 나를 바라봤다. 한참 보다가,

"이 애기가 무슨 섹스를 한다고……"

한숨을 쉬며 혀를 끌끌 찼다.

내가 비꼬았다.

"그러게 말이야. 학교 가서 공부나 할 것이지. 무슨 섹스를 한다고……"

엄마는 내 알몸을 위아래로 훑어보았다.

"얼굴은 동양인데 골반은 서양이야."

내가 심드렁하게 물었다.

"그래서?"

"야하다고."

하지만 야한 건 엄마 본인이었다.

"엄마는 소음순이 밖으로 돌출됐잖아."

엄마가 심드렁하게 물었다.

"그게 뭐?"

"너무 튀어나왔어. 뭔가…… 동물 다큐에 나오는 암컷 같아."

엄마가 내 엉덩이를 찰싹 때리고서는 말했다.

"조심해."

"뭘?"

"봄 보지는 무쇠도 녹이고 가을 자지는 강철도 뚫거든."

엄마가 허리를 긁으며 말했다. 엄마 나이 마흔여덟이었다.

"그럼 내 애인보고 조심하라고 해야지. 내가 왜 조심해."

그 말을 하는 나는 스물셋이었다. 엄마가 나를 돌보아야 할 때는 이미

다 지나버렸고 나는 아직 엄마를 돌보아야 할 필요가 없었다. 2014년의 봄이 타국에서 지나가고 있었다.

엄마는 낮잠을 자기 시작했다. 낮잠의 껍질은 얇아 보였다. 그녀가 길지 않을 낮잠을 자는 사이 혼자 산책을 다녀오기로 했다. 숙소 주인에게 오토바이를 빌렸다. 부릉부릉 시동을 걸고 주유소에서 기름을 넣고 마을을 돌기 시작했다. 산골 마을이라 지형이 가파르고 다이내믹했다.

매살롱의 깊숙한 산길로 접어들자 기이한 광경이 펼쳐졌다. 마을 곳곳에 여러 다른 부족들이 살고 있었던 것이다. 꼭 세상의 고산족들이 다 여기 모인 것만 같았다. 움집과 장작 사이에서 생활하는 사람들의 동네를 오토바이로 지나쳤다. 매살롱은 이방인들의 마을이었다.

산악 바이킹을 한참 하다 정신을 차려보니 한 시간이 훌쩍 지나 있었다. 엄마가 걱정할 게 분명했다. 나는 속도를 내서 산장으로 향했다. 그러다 길을 잃었다. 해가 졌다.

첩첩산중을 한참 헤매고 나서야 나는 기진맥진한 상태로 산장에 도착했다. 마당에 오토바이를 대자 산장 주인이 나와서 말했다.

"유어 씨스터 겟 아웃 히얼. 쓰리 미닛 어고."

씨스터는 물론 엄마를 말하는 것이었다.

나는 다시 시동을 걸고 엄마를 찾으러 나갔다. 오 분을 달리자 어깨가 작고 엉덩이가 오리 궁둥이인 여인이 저 앞에 보였다. 내가 소리쳤다.

"엄마!"

뒤돌아보는 엄마의 눈에는 눈물이 글썽글썽했다. 별 상상을 다했다며 눈물을 훔쳤다.

엄마는 자식을 키우는 건 영원한 짝사랑이라고 말했다.

나는 엄마를 태우고 달렸다. 엄마가 내 허리를 꽉 잡았다.

나는 울 때마다 엄마 얼굴이 된다
ⓒ 이슬아 2018

1판 1쇄 2018년 10월 25일
1판 14쇄 2021년 5월 7일

지은이 이슬아

기획·책임편집 이연실 | 편집 고아라
디자인 이효진 | 마케팅 정민호 양서연 박지영 안남영
홍보 김희숙 김상만 함유지 김현지 이소정 이미희 박지원
제작 강신은 김동욱 임현식 | 제작처 영신사

펴낸곳 (주)문학동네 | 펴낸이 염현숙
출판등록 1993년 10월 22일 제406-2003-000045호
주소 10881 경기도 파주시 회동길 210
전자우편 editor@munhak.com | 대표전화 031) 955-8888 | 팩스 031) 955-8855
문의전화 031) 955-2655(마케팅) 031) 955-2651(편집)
문학동네카페 http://cafe.naver.com/mhdn | 트위터 @munhakdongne
북클럽문학동네 http://bookclubmunhak.com

ISBN 978-89-546-5338-1 03810

www.munhak.com